陈楸帆

著

人民文学出版社
PEOPLE'S LITERATURE PUBLISHING HOUSE

图书在版编目（CIP）数据

巴鳞 / 陈楸帆著. –– 北京：人民文学出版社，2023

ISBN 978-7-02-018093-6

Ⅰ.①巴… Ⅱ.①陈… Ⅲ.①中篇小说–小说集–中国–当代②短篇小说–小说集–中国–当代 Ⅳ.①I247.7

中国版本图书馆CIP数据核字(2023)第126407号

责任编辑　李　娜　　李　殷
装帧设计　汪佳诗

出版发行　人民文学出版社
社　　址　北京市朝内大街166号
邮政编码　100705

印　　制　山东新华印务有限公司
经　　销　全国新华书店等

字　　数　80千字
开　　本　787毫米×1092毫米　1/32
印　　张　6.875
版　　次　2023年8月北京第1版
印　　次　2023年8月第1次印刷

书　　号　978-7-02-018093-6
定　　价　58.00元

如有印装质量问题，请与本社图书销售中心调换。电话：010-65233595

# 目　录

巴鳞

我用我的视觉来判断你的视觉，用我的听觉来判断你的听觉，用我的理智来判断你的理智，用我的愤恨来判断你的愤恨，用我的爱来判断你的爱。我没有、也不可能有任何其他的方法来判断它们。

———— 亚当·斯密《道德情操论》

# 1

巴鳞身上涂着厚厚一层凝胶，再裹上只有几个纳米薄的贴身半透膜，来自热带的黝黑皮肤经过几次折射，星空般深不可测。我看见闪着蓝白光的微型传感器漂浮在凝胶气泡间，如同一颗颗行将熄灭的恒星，如同他眼中小小的我。

"别怕，放松点，很快就好。"我安慰他，巴鳞就像听懂了一样，表情有所放松，眼睑处堆叠起皱纹，那道伤疤也没那么明显了。

他老了，已不像当年，尽管他这一族人的真实年龄我从来没搞清楚过。

助手将巴鳞扶上万向感应云台，在他腰部系上弹性拘束带，无论他往哪个方向以何种速度跑动，云台都会自动调节履带的方向与速度，保证用户不位移不摔倒。

我接过助手的头盔，亲手为巴鳞戴上，他那灯泡般鼓起的惊骇双眼隐没在黑暗里。

"你会没事的。"我用低得没人听见的声音重复，就像在安慰我自己。

头盔上的红灯开始闪烁，加速，过了那么三五秒，突然变成绿色。

巴鳞像是中了什么咒语般全身一僵，活像是听见了磨刀石霍霍作响的羔羊。

# 2

那是我十三岁那年的一个夏夜，空气湿热黏稠，鼻孔里充斥着台风前夜的霉锈味。

我趴在祖屋客厅的地上，尽量舒展整个身体，像壁虎般紧贴凉爽的绿纹镶嵌石砖，直到这块区域被我的体温捂得热乎，再就势一滚，寻找下一块阵地。

背后传来熟悉的皮鞋敲地声，雷厉风行，一板一眼，在空旷的大厅里回荡，我知道是谁，可依然趴在地上，用屁股对着来人。

"就知道你在这里，怎么不进新厝吹空调啊？"

父亲的口气柔和得不像他。他说的新厝是在祖屋背后新盖的三层楼房，全套进口的家具电器，装修也是镇上最时髦的，还特地为我辟出来一间大书房。

"不喜欢新厝。"

"你个不识好歹的傻子！"他猛地拔高了嗓门，又赶紧低声咕哝几句。

我知道他在跟祖宗们道歉，便从地板上昂起脑袋，望着香案上供奉的祖宗灵位和墙上的黑白画像，看他们是否有所反应。

祖宗们看起来无动于衷。

父亲长叹了口气："阿鹏，我没忘记你的生日，从岭北运货回来，高速路上遇到事故，所以才迟了两天。"

我挪动了下身子，像条泥鳅般打了个滚，换到另一块冰凉的地砖上。

父亲那充满烟味儿的呼吸靠近我，近乎耳语般哀求："礼物我早就准备好了，这可是有钱都买不到的哟！"

他拍了两下手，另一种脚步声出现了，是肉掌直接拍打在石砖上的声音，细密、湿润，像是某种刚从海里上岸的两栖类。

我一下坐了起来，眼睛循着声音的方向，那是在父亲的身后，藻绿色花纹地砖上，立着一个黑色影子，门外膏黄色的灯光勾勒出那生灵的轮廓，如此瘦小，却有着不合比例的膨大头颅，就像是镇上肉铺挂在店门口木棍上的羊头。

影子又往前迈了两步。我这才发现，原来那不是逆光造成的剪影效果，那个人，如果可以称其为人的话，浑身上下，都像涂上了一层不反光的黑漆，像是在一个平滑正常的世界里裂开一道缝，所有的光都被这道人形的缝给吞噬掉了，除了两个反光点，那是他那对略微凸起的双眼。

现在我看得更清楚了，这的的确确是一个男孩，他浑身赤裸，只用类似棕榈与树皮的编织物遮挡下身，他的头颅也并没有那么大，只因为盘起两个羊角般怪异的发髻，才显得尺寸惊人。他一直不安地研究着脚底下的砖块接缝，脚趾不停地蠕动，发出昆虫般的抓挠声。

"狍鸮族，从南海几个边缘小岛上捉到的，估计他们这辈子都没踩过地板。"

我失神地望着他，这个或许与我年纪相仿的男孩，他身上的某种东西让我感觉怪异，尤其是父亲将他作为礼物这件事。

"我看不出来他有什么好玩的，还不如给我养条狗。"

父亲猛烈地咳嗽起来。

"傻子，这可比狗贵多了。如果不是亲眼看到，你老子可不会当这冤大头。真的是太怪了……"他的嗓音变得缥缈起来。

一阵沙沙声由远而近，我打了个冷战，起风了。

风带来男孩身上浓烈的腥气，让我立刻想起了某种熟悉的鱼类，一种瘦长、铁乌的廉价海鱼。

我想这倒是很适合作为一个名字。

# 3

父亲早已把我的人生规划到了四十五岁。

十八岁上一个省内商科大学，离家不能超过三小时火车车程。

大学期间不得谈恋爱，他早已为我物色好了对象，他的生意伙伴老罗的女儿，生辰八字都已经算好了。

毕业之后结婚，二十五岁前要小孩，二十八岁要第二个，酌情要第三个（取决于前两个婴儿的性别）。

要第一个小孩的同时开始接触父亲公司的业务，他会带着我拜访所有的合作伙伴和上下游关系（多数是他的老战友）。

孩子怎么办？有他妈（瞧，他已经默认是个男孩了），有老人，还可以请几个保姆。

三十岁全面接手林氏茶叶公司，在这之前的五年内，我必须掌握关于茶叶的辨别、烘制和交易知识，同时熟悉所有合作伙伴和竞争对手的喜好与弱点。

接下来的十五年，我将在退休父亲的辅佐下，带领家族企业开枝散叶，走出本省，走向全国，运气好的话，甚至可以进军海外市场。这是他一直想追求却又瞻前顾后的人生终极目标。

在我四十五岁的时候，我的第一个孩子也差不多要大学毕业了，我将像父亲一样，提前为他物色好一任妻子。

在父亲的宇宙里，万物就像是咬合精确、运转良好的齿轮，生生不息。

每当我与他就这个话题展开争论时，他总是搬出我的爷爷，他的爷爷，我爷爷的爷爷，总之，指着祖屋一墙的先人们骂我忘本。

他说，我们林家人都是这么过来的，除非你不姓林。

有时候，我怀疑自己是否真的生活在二十一世纪。

# 4

我叫他巴鳞，巴在土语里是"鱼"的意思，巴鳞就是有鳞的鱼。

可他看起来还是更像一头羊，尤其是当他扬起两个大发髻，望向远方海平线的时候。父亲说，狍鸮族人的方位感特别强，即便被蒙上眼，捆上手脚，扔进船舱，漂过汪洋大海，再日夜颠簸经过多少道转卖，他们依然能够准确地找到故乡的方位。尽管他们的故土在最近的边境争端中仍然归属不明。

"那我们是不是得把他拴住，就像用链子拴住土狗一样。"我问父亲。

父亲怪异地笑了，他说："狍鸮族比咱们还认命，他们相信这一切都是神灵的安排，所以他们不会逃跑。"

巴鳞渐渐熟悉了周围的环境，父亲把原来养鸡的寮屋重新布置了一下，当作他的住处。巴鳞花了很长时间才搞懂床垫是用来睡觉的，但他还是更愿意直接睡在粗粝的沙石地上。他几乎什么都吃，甚至把我们吃剩的鸡骨头都嚼得只剩渣子。我们几个小孩经常蹲在寮屋外面看他怎么吃东西，也只有这时候，我才得以看清巴鳞的牙齿，如鲨鱼般尖利细密的倒三角形，毫不费力地把嘴里的一切撕得稀烂。

我总是控制不住去想象，那口利齿咬在身上的感觉，然后心里一哆嗦，有种疼却又上瘾的复杂感受。

巴鳞从来没有开口说过话，即便是面对我们各种挑逗，他也是紧闭着双唇，一语不发，用那双灯泡般的凸眼盯着我们，直到我们放弃尝试。

终于有一天，巴鳞吃饱了饭之后，慢悠悠地钻出寮屋，瘦小的身体挺着饱胀的肚子，像一根长了虫瘿的黑色树枝。我们几个小孩正在玩捉水鬼的游戏，巴鳞晃晃悠悠地在离我们不远处停下，颇为好奇地看着我们的举动。

"捞虾洗衫，玻璃刺脚丫。"我们边喊着，边假装是在河边捕捞的渔夫，从砖块垒成的河岸上，往并不存在的河里，试探性地伸出一条腿，点一点河水，再收回去。

而扮演水鬼的孩子则来回奔忙，徒劳地想要抓住渔夫伸进河水里的脚丫，只有这样，水鬼才能上岸变成人类，而被抓住的孩子则成为新的水鬼。

没人注意到巴鳞是什么时候开始加入游戏的，直到隔壁家的小娜突然停下，用手指了指。我看到巴鳞正在模仿水鬼的动作，左扑右抱，只不过，他面对的不是渔夫，而是空气。小孩子经常会模仿其他人的说话或肢体语言，来取乐或激怒对方，可巴鳞所做的和我以往见过的都不一样。

我开始觉察出哪里不对劲了。

巴鳞的动作，和扮演水鬼的阿辉几乎是同步的，我说几乎，是因为单凭肉眼已无法判断两者之间是否存在细微的延迟。巴鳞就像是阿辉在五米开外凭空多出来的影子，每一个转身，每一次伸手，甚至每一回因为扑空而沮丧的停顿，都复制得完美无缺，毫不费力。

我不知道他是如何做到的，就像是完全不用经过大脑。

阿辉终于停了下来，因为所有人都在看着巴鳞。

阿辉走向巴鳞，巴鳞也走向阿辉，就连脚后跟拖地的小细节都一模一样。

阿辉："你为什么要学我！"

巴鳞同时张着嘴，蹦出来的却是一堆乱七八糟的音节，

像是坏掉的收音机。

阿辉推了巴鳞一把，但同时也被巴鳞推开。

其他人都看着这出荒唐的闹剧，这可比捉水鬼好玩多了。

"打啊！"不知道谁喊了一句，阿辉扑上去和巴鳞扭抱成一团，这种打法也颇为有趣，因为两个人的动作都是同步的，所以很快谁都动弹不了，只是大眼瞪小眼。

"好啦好啦，闹够了就该回家了！"一只大手把两人从地上拎起来，又强行把他们分开，像是拆散了一对连体婴。是父亲。

阿辉愤愤不平地朝地上唾了一口，和其他家小孩一起作鸟兽散。

这回巴鳞没有跟着做，似乎某个开关被关上了。

父亲带着笑意看了我一眼，那眼神似乎在说，现在你知道哪儿好玩了吧。

# 5

"我们可以把人脑看成一个机器，笼统地说来，它只干三件事：感知、思考还有运动控制。如果用计算机打比方，感知就是输入，思考就是中间的各种运算，而运动控制就是输出，它是人脑能和外界进行交互的唯一方式。想想看为什么？"

在老吕接手我们班之前，打死我也没法相信，这是一个体育老师说出来的话。

老吕是个传奇，他个头不高，大概一米七二的样子，小平头，夏天可以看到他身上鼓鼓的肌肉。据说他是从国外留学回来的。

当时我们都很奇怪，为什么留过洋的人要到这座小破乡镇中学来当老师。后来听说，他是家中独子，父亲重病在床，母亲走得早，没有其他亲戚能够照顾老人，老人又不愿意离开家乡，说狐死首丘。无奈之下，他只能先过来谋一份教职，他的专业方向是运动控制学，校长想当然地让他当了体育老师。

老吕和其他老师不一样，和我们一起厮混打闹，就像是好哥们儿。

我问过他，为什么要回来？

他说，有句老话叫父母在，不远游。我都远游十几年了，父母都快不在了，也该为他们想想了。

我又问他，等父母都不在了，你会走吗？

老吕皱了皱眉头，像是刻意不去想这个问题，他绕了个大圈子，说，在我研究的领域有一个老前辈叫 Donald Broadbent[1]，他曾经说过，控制人的行为比控制刺激他们的因素要难得多，因此在运动控制领域很难产生类似于"A 导致 B"的科学规律。

所以？我知道他压根儿没想回答我。

没人知道会怎么样。他点点头，长吸了一口烟。

放屁。我接过他手里的烟头。

所有人都觉得他待不了太久，结果，老吕从我初二教到了高三，还娶了个本地媳妇生了娃。正应了他自己那句话。

---

1. 唐纳德·布罗德本特，英国认知心理学家、实验心理学家。主张用信息加工理论研究注意、感觉和记忆等认知过程。

# 6

我们开始用的是大头针，后来改成用从打火机上拆下来的电子点火器，咔嚓一按，就能迸出一道蓝白色的电弧。

父亲觉得这样做比较文明。

有人教他一招，如果希望巴鳞模仿谁，就让两人四目对视，然后给巴鳞"刺激一下"，等到他身体一僵，眼神一出溜，连接就算完成了。他们说，这是狍鸮族特有的习俗。

巴鳞给我们带来了无数的欢乐。

我从小就喜欢看街头戏人表演，无论是皮影戏、布袋戏还是扯线木偶。我总会好奇地钻进后台，看他们如何操纵手中无生命的玩偶，演出牵动人心的爱恨情仇，对年幼的我来说，这就像法术一样。而在巴鳞身上，我终于有机会实践自己的法术。

我跳舞，他也跳舞。我打拳，他也打拳。原本我羞于在亲戚朋友面前展示的一切，如今却似乎借助巴鳞的身体，成为可以广而告之的演出项目。

我让巴鳞模仿喝醉了酒的父亲。我让他模仿镇上那些不健

全的人，疯子、瘸子、傻子、被砍断四肢只能靠肚皮在地面摩擦
前进的乞丐、羊痫风病人……然后我们躲在一旁笑得满地打滚，
直到被家属拿着晾衣竿在后面追着打。

　　巴鳞也能模仿动物，猫、狗、牛、羊、猪都没问题，鸡鸭不太
行，鱼完全不行。

　　他有时会蹲在祖屋外偷看电视里播放的节目，尤其喜欢关
于动物的纪录片。当看见动物被猎杀时，巴鳞的身体会无法遏
制地抽搐起来，就好像被撕开腹腔内脏横流的是他一样。

　　巴鳞也有累的时候，模仿的动作越来越慢，误差越来越大，像是松了发条的铁皮人，或者是电池快用光的玩具汽车，最后就是一屁股坐在地上，怎么踢他也不动弹。解决方法只有一个，让他吃，死命吃。

除此之外，他从来没有流露出一丝抗拒或者不快，在当时的我看来，巴鳞和那些用牛皮、玻璃纸、布料或木头做成的偶人并没有太大的区别，只是忠实地执行操纵者的旨意，本身并不携带任何情绪，甚至是一种下意识的条件反射。

直到我们厌烦了单人游戏，开始创造出更加复杂而残酷的多人玩法。

我们先猜拳排好顺序，赢的人可以首先操纵巴鳞，去和猜输

的小孩对打，再根据输赢进行轮换。我猜赢了。

这种感觉真是太酷了！我就像一个坐镇后方的司令，指挥着士兵在战场上厮杀，挥拳、躲避、飞腿、回旋踢……因为拉开了距离，我可以更清楚地看到对方的意图和举动，从而做出更合理的攻击动作。更因为所有的疼痛都由巴鳞承受了，我毫无心理负担，能够放开手脚大举反扑。

我感觉自己胜券在握。

但不知为何，所有的动作传递到巴鳞身上似乎都丧失了力道，丝毫无法震慑对方，更谈不上伤害。很快巴鳞便被压倒在地上，饱受痛揍。

"咬他，咬他！"我做出撕咬的动作，我知道他那口尖牙的威力。

可巴鳞似乎断了线般无动于衷，拳头不停落下，他的脸颊肿起。

"普！"我朝地上一吐，表示认输。

换我上场，成为那个和巴鳞对打的人。我恶狠狠地盯着他，他的脸上流着血，眼眶肿胀，但双眼仍然一如既往地无神平静。我被激怒了。

我观察着操控者阿辉的动作，我熟悉他打架的习惯，先迈左脚，再出右拳。我可以出其不意扫他下盘，把他放翻在地，只要一倒地，基本上战斗就可以宣告结束了。

阿辉左脚迅速前移，来了！我正想蹲下，怎料巴鳞用脚扬起一阵沙土，迷住我的眼睛。接着，便是一个扫堂腿将我放倒，我眯缝着双眼，双手护头，准备迎接暴风骤雨般的拳头。

事情并不像我想象的那样。拳头落下来了，却软绵绵的，一点力气都没有。我以为巴鳞累了，但很快发现不是这么回事，阿辉本身出拳是又准又狠的，但巴鳞刻意收住了拳势，让力道在我身上软着陆。拳头毫无预兆地停下了，一个暖乎乎臭烘烘的东西贴到我的脸上。

周围响起一阵哄笑声，我突然明白过来，一股热浪涌上头顶。

那是巴鳞的屁股。

阿辉肯定知道巴鳞无法输出有效打击，才使出这么卑鄙的招数。

我狠力推开巴鳞，一个鲤鱼打挺，将他反制住，压在身下。我眼睛刺痛，泪水直流，屈辱夹杂着愤怒。巴鳞看着我，肿胀的眼睛里也溢满了泪水，似乎懂得我此时此刻的感受。

我突然回过神来，高高地举起拳头。他只是在模仿。

"你为什么不使劲！"

拳头砸在巴鳞那瘦削的身体上，像是击中了一块易碎的空心木板，咚咚作响。

"为什么不打我！"

我的指节感受到了他紧闭双唇下松动的牙齿。

"为什么！"

我听见嘶啦一声脆响，巴鳞右侧眉骨裂了一道长长的口子，一直延伸到眼睑上方，深黑皮肤下露出粉白色的脂肪，鲜红的血汩汩地往外涌着，很快在沙地上凝成小小的池塘。

他身上又多了一种腥气。

我吓坏了，退开几步，其他小孩也呆住了。

尘土散去，巴鳞像被割了喉的羊崽蜷曲在地上，用仅存的左眼斜睨着我，依然没有丝毫表情的流露。就在这一刻，我第一次感觉到，他和我一样，是个有血有肉甚至有灵魂的人类。

这一刻只维持了短短数秒，我近乎本能地意识到，如果之前的我无法像对待一个人一样去对待巴鳞，那么今后也不能。

我掸掸裤子上的灰土，头也不回地挤入人群。

# 7

我进入 Ghost 模式，体验被囚禁在 VR 套装中的巴鳞所体验到的一切。

我/巴鳞置身于一座风光旖旎的热带岛屿，环境设计师根据我的建议糅合了诸多南中国海岛屿上的景观及植被特点，光照角度和色温也都尽量贴合当地经纬度。

我想让巴鳞感觉像是回了家，但这丝毫没有减轻他的恐慌。

视野猛烈地旋转，天空、沙地、不远处的海洋、错落的藤萝植物，还有不时出现的虚拟躯体，像素粗粝的灰色多边形尚待优化。

我感到眩晕，这是视觉与身体运动不同步所导致的晕动症，眼睛告诉大脑你在动，但前庭系统却告诉大脑你没动，两种信号的冲突让人不适。但对于巴鳞，我们采用最好的技术将信号延迟缩短到 5 毫秒以内，并用动作捕捉技术同步他的肉身与虚拟身体运动，在万向感应云台上，他可以自由跑动，位置却不会移动半分。

我们就像对待一位头等舱客人，呵护备至。

巴鳞一动不动地站在那里，他无法理解眼前的这个世界，与几分钟前那个空旷明亮的房间之间的关系。

"这不行，我们必须让他动起来！"我对耳麦那端的操控人员吼道。

巴鳞突然回过头，全景环绕立体声让他觉察到身后的动静。郁郁葱葱的森林开始震动，一群鸟儿飞离树梢，似乎有什么巨大的物体在树木间穿行摩擦，由远而近。巴鳞一动不动地凝视着那片灌木。

一群巨大的史前生物蜂拥而出，即便是常识缺乏如我也能看出，它们不属于同一个地质时代。操控人员调用了数据库里现成的模型，试图让巴鳞奔跑起来。

他像根木桩般站在那里，任由霸王龙、剑齿虎、古蜻蜓、新巴士鳄和各种古怪的节肢动物迎面扑来，又呼啸着穿过他的身体。这是物理模拟引擎的一个 bug，但如果完全拟真，又

恐怕实验者承受不了如此强烈的感官冲击。

这还没有完。

巴鳞脚下的地面开始震动开裂，树木开始七歪八倒地折断，火山喷发，滚烫猩红的岩浆从地表迸射，汇聚成暗血色的河流，而海上掀起数十米高的巨浪，翻滚着朝我们站立的位置袭来。

"我说，这有点儿过了吧。"我对着耳麦说，似乎能听见那端传来的窃笑。

想象一个原始人被抛掷在这样一个世界末日的舞台中央，他会是一种什么样的感受。他会认为自己是为整个人类承担罪愆的救世主，还是已然陷入一种感官崩塌的疯狂境地？

又或者，像巴鳞一样，无动于衷？

突然我明白了事情的真相。我退出 Ghost 模式，摘下巴鳞的头盔，传感器如密密麻麻的珍珠凝满黑色头颅，而他双目紧闭，四周的皱纹深得像是昆虫的触须。

"今天就到这里吧。"我无力叹息，想起多年前痛揍他的那个下午。

# 8

我与父亲间的战事随着分班临近日渐升温。

按照他的大计划，我应该报考文科，政治或者历史，可我对这俩任人打扮调教的学科毫无兴趣。我想报物理，至少也是生物，用老吕的话说是能够解决"根本性问题"的学科。

父亲对此嗤之以鼻，他指了指几栋家产，还有铺满晒谷场的茶叶，在阳光下碎金闪亮。

"还有比养家糊口更根本的问题吗？"

这就叫对牛弹琴。

我放弃了说服父亲的尝试，我有我的计划。通过老吕的关系，我获得了老师的默许，平时跟着文科班上语数英大课，再溜到理科班上专业小课，中间难免有些课程冲突，我也只能有所取舍，再用课余时间补上。老师也不傻，与其要一个不情不愿的中等偏下文科考生，不如放手赌一把，兴许还能放颗卫星，出个状元。

我本以为可以瞒过忙碌在外的父亲，把导火索留到填报志愿的最后一刻点燃。当时的我实在太天真了。

填报志愿的那天，所有人都拿到了志愿表，除了我。我以为老师搞错了。

"你爸已经帮你填好了！"老师故作轻描淡写，他不敢直视我的双眼。

我不知道自己怎么回的家，像失魂的野狗逛遍了镇里的大街小巷，最后鬼使神差地回到祖屋前。

父亲正在逗巴鳞取乐，他不知道从哪翻出一套破旧的制服，套在巴鳞身上显得宽大臃肿，活像一只偷穿人类衣服的猴子。他又开始当年在服役时学会的那一套把戏，立正、稍息、向左向右看齐、原地踏步走……在我刚上小学那会儿，他特别喜欢像个指挥官一样喊着口号操练我，而这是我最深恶痛绝的事情。

已经很多年没有重温这一幕了，看起来父亲找到了一个新的下属。

一个绝对服从的"士兵"。

"一二一、一二一、向前踏步——走！"巴鳞随着他的口令和示范有模有样地踏着步子，过长的裤子在地上沾满了泥土。

"你根本不希望我上大学，对吗？"我站在他们俩中间，责问父亲。

"向右看齐！"父亲头一侧，迈开小碎步向右边挪动，我听见身后传来同样节奏的脚步声。

"所以你早就知道了，只是为了让我没有反悔的机会！"

"原地踏步——走！"

我愤怒地转身按住巴鳞，不让他再愚蠢地踏步，但他似乎无法控制住自己，裤腿在地上啪啦啪啦地扬起尘土。

我捧住他的脑袋，和我四目对视，一只手掏出电子点火器，蓝白色的弧光在巴鳞太阳穴边炸开，他发出类似婴儿般的惊叫。

我从他的眼神中确信，他现在已经属于我。

"你没有权力控制我！你眼里只有你的生意，你有考虑过我的前途吗？"

巴鳞随着气急败坏的我转着圈，指着父亲吼叫着，渐行渐近。

"这大学我是上定了，而且要考我自己填报的志愿！"我咬了咬牙，巴鳞的手指几乎已经要戳到父亲的身上。"你知道吗，这辈子我最不想成为的人就是你！"

父亲之前意气风发的样子完全不见了，他像遭了霜打的庄稼，耷拉着脸，表情中夹杂着一丝悲哀。我以为他会反击，像以前的他一样，可他并没有。

"我知道，我一直都知道，你不想一世人都走着别人给你铺好的路……"父亲的声音越来越低，几乎要听不见了，"像极了我年轻时的样子，可我没有别的选择……"

"所以你想让我照着你的人生再活一遍吗？"

父亲突然双膝一软，我以为他要摔倒，可他却抱住了巴鳞。

"你不能走！你以为我不知道吗，出去的人，哪有再回来的？"

我操纵着巴鳞奋力挣脱父亲的怀抱，就好像他紧紧抱住的人是我。而这样的待遇，自我有记忆之日起，就未曾享受过。

"幼稚！你应该睁大眼睛，好好看看外面的世界了。"

巴鳞像是个失心疯的发条玩具，四肢乱打，衣服被扯得乱七八糟，露出那黝黑无光的皮肤。

"你说这话时简直和你妈一模一样。"又一朵蓝白色的火花在巴鳞头上炸开，他突然停止了挣扎，像是久别重逢的爱人般紧紧抱住父亲。"你是想像她一样丢下我不管吗？"

我愣住了。

我从来没有从这个角度想过父亲的感受。我一直以为他是因为自私和狭隘才不愿意我走得太远，却没有想过是因为害怕失去。母亲离开时我还太小，并没有给我造成太大的冲击，但对于父亲，恐怕却是一生的阴影。

我沉默着走近拥抱着巴鳞的父亲，弯下腰，轻抚他已不再笔挺的脊背。这或许是我们之间所能达到的亲密的极限。

这时，我看到了巴鳞紧闭眼角噙出的泪花。那一瞬间，我动摇了。

也许在这一动作的背后，除了控制之外，还有爱。

9

有一些知识我但愿自己能在十七岁之前懂得。

比方说，人类脑部的主要结构都和运动有关，包括小脑、基底核、脑干，皮层上的运动区以及感知区对运动区的直接投射等等。

比方说，小脑是脑部神经元最多的结构。在人类进化中，小脑皮层随着前额叶的快速增大而同步增大。

比方说，任何需要和外界进行的信息或物理上的交互，无论是肢体动作、操作工具、打手势、说话、使眼色、做表情，最终都需要通过激活一系列的肌肉来实现。

比方说，一条手臂上有 26 条肌肉，每条肌肉平均有 100 个运动单元，由一条运动神经和它所连接的肌纤维组成。因此，光控制一条胳膊的运动，就至少有 2 的 2600 次方种可能性，这已经远远超出了宇宙中原子的数量。

人类的运动如此复杂而微妙，每一个看似不经意的动作中都包含了海量的数据运算分析与决策执行，以至于目前最先进的机器人尚无法达到 3 岁小孩的运动水平。

更不要说动作中所隐藏的信息、情感与文化符号。

在前往高铁车站的路上，父亲一直保持沉默，只是牢牢地抓住我的行李箱。北上的列车终于出现在我们眼前，崭新、光亮、

线条流畅，像是一松闸就会滑进遥不可测的未知。

我和父亲没能达成共识。如果我一意孤行，他将不会承担我上学期间的生活费用。

除非你答应回来。他说。

我的目光穿过他，就像是看见了未来，那是属于我自己的未来。为此，我将成为白色羊群中那一头被永远放逐的黑羊。

爸，多保重。

我迫不及待地拉起行李箱要上车，可父亲并没有松手，行李箱尴尬地在半空中悬停着，终于还是重重地落了地。

我正要发火，父亲啪地一声在我面前立正，行了个标准的军礼，然后一言不发地转身走人。他说过，上战场之前不要告别，意头不好，要给彼此留个念想。

我望着他渐渐远去的背影，举起手，回了个软绵绵的礼。

当时的我并没有真正领会这个姿势的意义。

# 10

"真没想到我们竟然会折在一个野人手里。"课题组组长，也是我的导师欧阳笑里藏刀，他拍拍我的肩膀。"没事儿啊，再琢磨琢磨，还有时间。"

我太了解欧阳了，他这话的潜台词就是"我们没时间了"。

如果再挖深一层，则是"你的想法，你的项目，那么，能不能按时毕业，你自己看着办"。

至于他自己前期占用我们多少时间精力，去应付他在外面乱七八糟接下的私活儿，欧阳是绝不会提的。

我痛苦地挠头，目光落在被关进粉红宠物屋里的巴鳞身上，他面目呆滞地望着地板，似乎还没有从刺激中恢复过来。这颜色搭配很滑稽，可我笑不出来。

如果是老吕会怎么办？这个想法很自然地跳了出来。

一切的源头都来自于他当年闲聊扯出的"A 导致 B"的问题。

传统理论认为，运动控制是通过存储好的运动程序完成的，当人要完成某一个运动任务时，运动皮层选取储存的某一个运动程序进行执行，程序就像自动钢琴琴谱一样，告诉皮层和脊髓的运动区该如何激活，皮层和脊髓再控制肌肉的激活，完成任务。

那么问题来了：同一个运动有无数种执行方式，大脑难道需要储存无数种运动程序？

还记得那条运动可能性超过了全宇宙原子数量的胳膊吗？

2002年一个叫伊曼纽尔·托多洛夫（Emanuel Todorov）的数学家提出一套理论，试图解决这个问题。

他的基本思想是：人的运动控制是大脑求一个最优解的问题。所谓最优是针对某些运动指标，比如精度最大化，能量损耗最小化，控制努力度最小化等等。

而在这一过程中，人脑会借助于小脑，在运动指令还没有到达肌肉之前，对运动结果进行预测，然后与真实感知系统发回来的反馈相结合，帮助大脑进行评估及调整动作指令。

最简单的例子就是，上下楼梯时我们经常会因为算错台阶数而踩空，如果反馈调整及时，人就不会摔跤。而反馈往往是带有噪音和延时的。

托多洛夫的数学模型符合前人在行为学和神经学上的已知证据，可以用来解释各种各样的运动现象，甚至只要提供某一些物理限制条件，便可以预测其运动模式，比如说 8 条腿的生物在冥王星重力环境下如何跳跃。

好莱坞用他的模型来驱动虚拟形象的运动引擎，便能"自主"产生出许多像人一样流畅自然的动作。

当我进入大学时，托多洛夫模型已经成为教科书上的经典，我们通过各种实验不断地验证其正确性。

直到有一天，我和老吕在邮件里谈到了巴鳞。

我和老吕自从上大学之后就开始了电邮来往，他像一个有求必应的人工智能，我总能从他那里得到答案，无论是关乎学业、人际关系还是情感。我们总会长篇累牍地讨论一些在旁人看来不可思议的问题，例如"用技术制造出来的灵魂出窍体验是否侵犯了宗教的属灵性"。

当然，我们都心照不宣地避开关于我父亲的事情。

老吕说巴鳞被卖给了镇上的另一家人，我知道那家暴发户，风评不是很好，经常会干出一些炫耀财力却又令人匪夷所思的荒唐事。

我隐约知道父亲的生意做得不好，可没想到差到这个地步。

我刻意转移话题聊到托多洛夫模型，突然一个想法从我脑中蹦出。巴鳞能够进行如此精确的运动模仿，如果让他重复两组完全相同的动作，一组是下意识的模仿，而一组是自主行为，那么这两者是否经历了完全相同的神经控制过程？

从数学上来说，最优解只有一个，可中间求解的过程呢？

老吕足足过了三天才给我回信，一改之前汪洋恣肆的风格，他只写了短短几行字：

我想你提出了一个非常重要的问题，也许连你自己都没意识到有多重要。如果我们无法在神经活动层面上将机械模仿与自主行为区分开，那么这个问题就是：

自由意志真的存在吗？

收到信后，我激动得彻夜难眠。我花了两个星期设计实验原型，又花了更多的时间研究技术上的可行性及收集各方师长意见，再申报课题，等待批复。直到一切就绪时，我才想起，这个探讨"根本性问题"的重要实验，却缺少了一个根本性的组成要素。

我将不得不违背承诺，回到家乡。

只是为了巴鳞。我不断告诉自己。只是巴鳞。

就像 A 导致 B。简单如是。

# 11

我读过一篇名为《孤儿》的科幻小说，讲的是外星人来到地球，能够从外貌上完全复制某一个地球人的模样，由此渗入人类社会，但是他们无法模仿被复制者身体的动作姿态，哪怕是一些细微的表情变化。许多暴露身份的外星伪装者遭到地球人的追捕猎杀。

为了生存下去，他们不得不学习人类是如何通过身体语言来进行交流的。他们伪装成被遗弃的孤儿，被好心人收养，通过长时间的共同生活来模仿他们养父母们的举止神态。

养父母们惊讶地发现这些孩子们长得越来越像自己，而当外星孤儿们认为时机成熟之时，便会杀掉自己的养父或养母，变成他们的样子并取而代之。杀父娶母的细节描写令人难忘。

辨别伪装者的难度变得越来越大，但人类最终还是发现了这些外星人与地球人之间最根本的区别。

尽管外星人几乎能够惟妙惟肖地模仿人类的所有举动，但他们并不具备人脑中的镜像神经系统，因此无法感知对方深层的情绪变化，并激发出类似的神经冲动模式，也就是所谓的"同理心"。

人类发明了一套行之有效的辨别方法，去伤害伪装者的至亲之人，看是否能够监测到伪装者脑中的痛苦、恐惧或愤怒。他们称之为"针刺实验"。

这个冷酷的故事告诉我们，在这个宇宙间，人类并不是唯一一个和自己父母处不好关系的物种。

# 12

老吕知道关于巴鳞的所有事情，他认为狍鸮族是镜像神经系统超常进化的一个样本，并为此深深着迷，只是不赞成我们对待巴鳞的方式。

"但他并没有反抗，也没有逃跑啊！"我总是这样反驳老吕。

"镜像神经元过于发达会导致同理心病态过剩，也许他只是没办法忍受你眼中的失落。"

"有道理。那我一定是镜像神经元先天发育不良的那款。"

"……冷血。"

当老吕带着我找到巴鳞时，我终于知道自己并不是最冷血的那一个。

巴鳞浑身赤裸、伤痕累累，被粗大生锈的锁链环绕着脖颈和四肢，窝藏在一个五尺见方的砖土洞里，光线昏暗，排泄物和食物腐烂的气味混杂着，令人作呕。他更瘦了，虻蝇吮吸着他的伤口，骨头的轮廓清晰可见，像一头即将被送往屠宰场的牲畜。

他看见了我，目光中没有丝毫波澜，就像是我十三岁的那个夏夜与他初次相见时的模样。

他们让他模仿……动物交配。老吕有点说不下去。

瞬时间，所有的往事一下涌上心头。

接下来发生的事情，我一点印象都没有，仿佛是被什么鬼神附了体，所有的举动都并非出自我的本意。

老吕说，我冲进买下巴鳞那暴发户的家里，抓起他家少奶奶心爱的博美一口就咬在脖子上，如果不放了巴鳞，我就不松口，直到把那狗脖子咬断为止。

我朝地上吐了口唾沫，这听起来还挺像是我干得出来的事儿。

我们把巴鳞送进了医院，刚要离开，老吕一把拉住我，说，你不看看你爸？

我这才知道父亲也在这所医院里住院。上了大学后，我和他的联系越来越少，他慢慢地也断了念想。

他看起来足足老了十岁，鼻孔里、手臂上都插着管，头发稀疏，目光涣散。前几年普洱被疯炒时他跟风赌了一把，运气不好，成了接过最后一棒的傻子，货砸在了手里，钱倒是赔了不少。

他看见我时的表情竟然跟巴鳞有几分相似，像是在说，我早知道会有这么一天。

"我……我是来找巴鳞的……"我竟然不知所措。

父亲似乎看穿了我的窘迫，咧开嘴笑了，露出被香烟经年熏烤的一口黄牙。

"那小黑鬼，精得很呢，都以为是我们在操纵他，其实有时候想想，说不定是他在操纵我们哩。"

"……"

"就像你一样，我老以为我是那个说了算的人，可等到你真的走了，我才发现，原来我心上系着的那根线，都在你手里攥着呢，不管你走多远，只要指头动一动，我这里就会一抽一抽地疼……"父亲闭上眼，按住胸口。

我一个字都说不出来，有什么东西堵住了喉咙。

我走到他病床前，想要俯身抱抱他，可身体不听使唤地在中途僵住了，我尴尬地拍拍他的肩膀，起身离开。

"回来就好。"父亲在我背后嘶哑地说，我没有回头。

老吕在门口等着我，我假装挠挠眼睛，掩饰情绪的波动。

"你说巧不巧？"

"什么？"

"你想要逃离你爸铺好的路，却兜兜转转，跟我殊途同归。"

"我有点同意你的看法了。"

"哪一点?"

"没人知道会怎么样。"

13

我们又失败了。

最初的想法很简单，选择巴鳞，是因为他的超强镜像神经系统让模仿成为一种本能，相对于一般人类来说，这就摒除了运动过程中许多主观意识的噪声干扰。

我们用非侵入式感应电极捕捉巴鳞运动皮层的神经活动，让他模仿一组动作，再通过轨迹追踪，让他自发重复这组动作，直到前后的运动轨迹完全重合，那么从数学上，我们可以认为他做了两组完全一样的动作。

然后再对比两组神经信号是否以相同的次序、强度及传递方式激活了皮层中相同的区域。

如果存在不同，那么被奉为经典的托多洛夫模型或许存在巨大的缺陷。

如果相同，那么问题更严重，或许人类仅仅是在单纯地模仿其他个体的行为，却误以为是出于自由意志。

无论哪一种结果，都将是颠覆性的。

但我们从一开始就失败了。巴鳞拒绝与任何人对视，拒绝模仿任何动作，包括我。

我大概能猜到原因，却不知道该如何解决。我们这群人信誓旦旦要解开人类意识世界的秘密，却连一个原始人的心理创伤都治愈不了。

我想到了虚拟现实，将巴鳞放置在一个抽离于现实的环境中，或许能够帮助他恢复正常的运动。

我们尝试了各种虚拟环境，海岛冰川，沙漠太空。我们制造了耸人听闻的极端灾难，甚至，还花了大力气构建出狍鸮族的虚拟形象，寄望于那个瘦小丑陋的黑色小人，能够唤醒巴鳞脑中的镜像神经元。

但是毫无例外的全部失败了。

深夜的实验室里，只剩下我和僵尸般呆滞的巴鳞。其他人都走了，我知道他们在想什么，这个实验就是个笑话，而我就是那个讲完笑话自己一脸严肃的人。

巴鳞静静地躲在粉红色泡沫板搭起来的宠物屋里，缩成小小的一团。我想起老吕当年的评价，他说的没错，我一直没把巴鳞当一个人来看待，即便是现在。

曾经有同行将无线电击器植入大鼠的脑子里，通过对体觉皮层和内侧前脑束的放电刺激，产生欣快或痛感，来控制大鼠的运动路线。

这和我对巴鳞所做的一切没有实质区别。

我就是那个镜像神经元发育不良的混蛋。

我鬼使神差地想起了那个游戏，那个最初让我们见识到巴鳞神奇之处的幼稚游戏。

"捞虾洗衫，玻璃刺脚丫……"

我低低地喊了一句，某种成年后的羞耻感油然而生。我假装成渔夫，从河岸上往河里伸出一条腿，踩一踩只存在于想象中的河水，再收回去。

巴鳞朝我看了过来。

"捞虾洗衫，玻璃刺脚丫。"我喊得更大声了。

巴鳞注视着我蠢笨的动作，缓慢而柔滑地爬出宠物屋，在离我几步之遥的地方停住了。

"捞虾洗衫，玻璃刺脚丫！"我感觉自己像个磕了药的酒桌舞娘，疯狂地甩动着大腿，来回踏出慌乱的节奏。

巴鳞突然以难以言喻的速度朝我扑来，那是阿辉的动作。

他记得，他什么都记得。

巴鳞左扑右抱，喉咙里发出婴孩般咯咯的声音，他在笑。这是这么多年来我第一次听见他笑。

他变成了镇上的残疾人。所有的动作像是被刻录在巴鳞的大脑中，无比生动而精确，以至于我一眼就能认出他模仿的是谁。他变成了疯子、瘸子、傻子、没有四肢的乞丐和羊痫风病人。他变成了猫、狗、牛、羊、猪和不成形的家禽。他变成了喝醉酒的父亲和手舞足蹈的我自己。

我像是瞬间穿越了几千公里的距离，回到了童年的故里。

毫无预兆地，巴鳞开始一人分饰两角，表演起我和父亲决裂那一天的对手戏。

这种感觉无比古怪。作为一名旁观者，看着自己与父亲的争吵，眼前的动作如此熟悉，而回忆中的情形变得模糊而不真切。当时的我是如此暴躁顽劣，像一匹未经驯化的野马，而父亲的姿态卑微可怜，他一直在退让，一直在忍耐。这与我印象中大不一样。

巴鳞忙碌地变换着角色和姿态，像是技艺高超的默剧演员。

尽管我早已知道接下来会发生什么，但当它发生时我还是没有做好准备。

巴鳞抱住了我，就像当年父亲抱住他那样，双臂紧紧地包裹着我，头深埋在我的肩窝里。我闻见了那阵熟悉的腥味，如同大海，还有温热的液体顺着我的衣领流入脖颈，像一条被日光晒得滚烫的河流。

我呆了片刻，思考该如何反应。

随后，我放弃了思考，任由自己的身体展开，回以热烈拥抱，就像对待一个老朋友，就像对待父亲。

我知道，这个拥抱我欠了太久。无论是对谁。

我猜我找到了解决问题的正确方法。

在《孤儿》的结尾，执行"针刺实验"的组织领导人悲哀地发现，假使他们伤害的是外星伪装者，那么他们的至亲，也就是真正的人类，其镜像神经系统也无法被正常激活。

因为人类从开始就被设计成一个无法对异族产生同理心的物种。

就像那些伪装者。

幸好，这只是一篇二流科幻小说。

# 14

"我们应该试着替他着想。"我对欧阳说。

"他?"我的导师反应了三秒钟,突然回过神来。"谁?那个野人?"

"他的名字叫巴鳞。我们应该以他为中心,创造他觉得舒服的环境,而不是我们自以为他喜欢的廉价景区。"

"别可笑了吧!现在你要担心的是你的毕业设计怎么完成,而不是去关心一个原始人的尊严,你可别拖我后腿啊。"

老吕说过,衡量文明进步与否的标准应该是同理心,是能否站在他人的价值观立场去思考问题,而不是其他被物化的尺度。

我默默地看着欧阳的脸,试图从中寻找一丝文明的痕迹。

这张精心呵护的老脸上一片荒芜。

我决定自己动手,有几个学弟学妹也加入了。这让我找回对人类的一丝信念。当然,他们多半是出于对欧阳的痛恨以及顺手混几个学分。

有一款名为"Idealism(唯心论)"的虚拟现实程序,号称能够根据脑波信号来实时生成环境，但实际上只是针对数据库中比对好的波形调用模型，最多就只是增加了高帧率的渐变效果。我们破解了它，毕竟实验室用的感应电极比消费者级别的精度要高出几个数量级，我们增加了不少特征维度，又连接到教育网内最大的开源数据库，那里存放着世界各地虚拟认知实验室的 Demo 版本。

巴鳞将成为这个世界的第一推动力。

他将有充分的时间，去探索这个世界与他心中每一个念想之间的关系。我将记录下巴鳞在这个世界中的一举一动，待他回到现世，我再与他连接，那时，我将尽力模仿他的每一个动作，我俩就像平行对立的两面镜子，照出无穷无尽的彼此。

我为巴鳞戴上头盔，他目光平静，温柔如水。

红灯闪烁，加速，变绿。

我进入 Ghost 模式，同时在右上角开启第三人称窗口，这样可以看到一个小小的巴鳞虚拟形象在轻轻摇摆。

巴鳞的世界一片混沌，无有天地，也不分四面八方。我努力克制晕眩。

他终于停止了摇摆。一道闪电缓慢劈开混沌，确定了天空的方向。

闪电蔓延着，在云层中勾勒出一只巨大的眼，向四方绽放着分形般细密的发光触须。

光暗下，巴鳞抬起头，举起双手，雨水落下。

他开始舞蹈。

每一颗雨滴带着笑意坠落，填满风的轮廓，风扶起巴鳞，他四足离地，开始盘旋。

无法用语言来描绘他的舞姿，仿佛他成了万物的一部分，天地随着他的姿态而变幻色彩。

我的心跳加速，喉咙干涩，手脚冰凉，像是见证一场不期而遇的神迹。

他举手，花儿便盛开，他抬足，鸟儿便翩然而来。

巴鳞穿行于不知名的峰峦湖泊之间，所到之处，荡漾开欢喜的曼陀罗，他便向着那旋转的纹样中坠去。

他时而变得极大，时而变得极小，所有的尺度在他面前失去了意义。

每一个不知名的生灵都在向他放声歌唱，他张了张嘴巴，所有狍鸮族的神灵都被吐了出来。

神灵列队融入他黑色的皮肤，像是一层层黑色的波浪，喷涌着，席卷着他向上飞升，飞升，在身后拉出一张漫无边际的黑色大网，世间万物悉数凝固其上，弹奏着各自的频率，那是亿亿万种有情在寻找一个共有的原点。

我突然领悟了眼前的一切。在巴鳞的眼中，万物有灵，并不存在差别，但神经层面的特殊构造使得他能够与万物共情，难以想象，他需要付出多大的努力才能够平复心中无时无刻翻涌的波澜。

即便愚钝如我，在这一幕天地万物的大戏面前，也无法不动容。事实上，我已热泪盈眶，内心的狂喜与强烈的眩晕相互交织，这是一种难以言表却又近乎神启的巅峰体验。

至于我希望得到的答案，我想，已经没那么重要了。

巴鳞将所有这一切全吸入体内，他的身形迅速膨胀，又瘪了下去。

然后开始往下坠落。

世界黯淡、虚无，生机不再。

巴鳞像是一层薄薄的贴图，平平地贴在高速旋转的时空中，物理引擎用算法在他的身体边缘掀起风动效果，细小的碎片如鸟群飞起。

他的形象开始分崩离析。

# 15

我切断了巴鳞与系统的连接，摘下他的头盔。

他趴在深灰色柔性地板上，四肢展开，一动不动。

"巴鳞？"我不敢轻易挪动他。

"巴鳞？"周围的人都等着，看一个笑话会否变成一场悲剧。

他缓慢地挪动了下身子，像条泥鳅般打了个滚，又趴着不动了，像壁虎一样紧贴在地板上。

我笑了。像当年的父亲那样，我拍了两下手掌。

巴鳞翻过身，坐将起来，看着我。

正如那个湿热黏稠的夏夜里，十三岁的我第一次见到他时的姿态。

谙

蛹

# 1

"安仔，这是什么！"

蓝亦清那充满倦意的声音在门廊里回荡着，今天公司的事真够磨人的，油滑的官员们来回踢着皮球，就是不肯承认他们把预估数值的小数点放错了一位。安仔没有回答。

"安仔——"他加大了嗓门，带着明显的不耐烦。

噔噔噔。从楼梯上跑下一个十三四岁的长发少年，瘦弱而苍白，套着宽大的 T 恤。安仔似乎并不打算离开楼梯，斜靠在扶手上，眼神漠然地盯着满脸怒容的父亲，一副无所谓的样子。

"我告诉过你多少次，不要随便进我的书房，不要乱动我的东西……"蓝亦清挥舞着手里蜂蛹似的金属颗粒，"……这又是什么鬼东西，它怎么会在我的电脑桌上！"

啪。一张薄薄的折页甩落在他的脚边。楼梯上又响起噔噔的脚步声，紧接着，二楼传来"咣"一下重重的关门声。

蓝亦清呆望着楼梯，脸上的怒色凝住，然后渐渐平复，化为一副十分苍老的神情。他缓缓地低下腰，拾起那张纸，匆匆扫过一眼。

键盘清洁工。

又是什么纳米技术的新鲜玩意儿，他边读边转身往书房走去。

放入键盘可自动清洁灰尘、食物残渣及其他细小污物，无毒无害，无需供能。

蓝亦清怔了怔，心头一阵愧疚，一股酸楚的感觉涌上他的喉咙，自从妻子去世之后，父子俩就再也没有好好地聊过天，说过笑，甚至连同桌吃饭的机会都少得可怜。

哪个更重要？工作，还是儿子？蓝亦清心里清楚答案，可他只是身不由己。

他长叹了口气，把那颗金属蛹丢进了键盘的缝隙中，它在暗处滴溜溜地转了几下，便悄无声息了。

# 2

蓝正安喜欢画画，但不喜欢说话。

他盼望这个暑假已经很久了，终于可以离开闷蛋学校，离开那群闷蛋老师和同学，真是眼不见为净，就连呼吸都顺畅了许多。

终于可以开始他的大计划了，安仔欣喜雀跃。他要把这个学期以来涂鸦在数学、文学、物理、地理还有其他乱七八糟课本边边角角上的草图，全都重新搬进电脑，修改、上色、渲染效果，然后贴到他自己的画廊，也就是他的个人网站上。

这可是件大工程啊。安仔每天连门都不出，就是埋头苦干着呢，当然，这事可不能被老爸知道，不然又要开始打雷了。

这会儿，他一边咬着海苔面包，一边玩着键盘，调整着扫描的数据。一不留神，几粒面包碎屑又掉进了键盘的缝隙里，如果是平时，有点洁癖（却又喜欢在电脑前吃东西）的安仔肯定要把键盘来个底朝天，不把碎屑弄出来誓不罢休，可这回，他只是笑笑便由它去了。

三天前，他偶然在网上的杂货摊发现了这个小玩意，据住在西南山区的卖主说"很灵"，但似乎他自己也不知道这到底是什么，派什么用处，只是支支吾吾地说是从地里挖出来的。因为便宜，所以安仔买了几个。他后悔的是，自己不识趣地在老爸的桌上放了一个。

蓝正安突发奇想，他想看看这颗金属豌豆到底是怎么清除那些垃圾的，于是他拿出尚未开封的一颗，放到桌面上，再撒上几粒面包碎屑。

那颗流淌着紫红色金属光泽的"蛹"，表面随意又精致地布着几道螺纹，划出几幅略带凹凸的曲面，煞是好看。只是现在它一动不动，看不出特别之处。安仔挠了挠头，又拿出他的Wacom[1]画板，把蛹和面包屑都扫到画板上。

依旧没有动静。

安仔失望地叹了口气，回到屏幕前继续鼓捣去了。他没有注意到，那颗金属的蛹开始颤抖、融化，像一摊果冻般伸展着，吞没了面包屑，又漫过了画板光滑的平面。

---

1 Wacom，世界著名数位板品牌

# 3

蓝亦清使劲揉了揉眼睛，又戴上那副有螺纹的近视镜，可屏幕上出现的还是一样的字符。这已经不止一次两次了，不管他是用超信聊天，还是用"咔咔"发邮件，总会有些莫名其妙的符号突然从字里行间蹦出来。

而且，出现得越来越频繁。

他确信不是自己的手误，现在也排除了眼花的可能。那到底是什么呢？莫非中了病毒？木马程序？

蓝亦清开始琢磨起这些乱码，渐渐地，他看出了一些蛛丝马迹。

开始似乎是在试探着键盘的各个按键，不同的符码轮流出现，相互不重复。接着，是多个按键之间组合应用的形式，奇怪的是，像电源开关、窗口切换、后退等一类特殊功能键却没有被触及。他注意到，在那些看似杂乱无章的符码中，偶尔会出现一两个成型的字词，比如中文的"的"，英文的"the"之类常用字，看似手误，其实却不然。

怎么会有这么低能的木马？他摇摇头，推测不出黑客背后的用意。

忽然一闪念间，亦清想起了一个人，她肯定会对这个感兴趣，而且，他俩也好些日子没见面了。把重要数据备份后，他启动了杀毒程序，然后拿起电话。

他所想到的人是米兰，大学里的学妹，符号学专业，毕业后去了一家科研机构，从事与国防有关的通信加密研究。尽管蓝亦清知道，米兰从在学校里开始就一直暗恋着自己，可双方从未捅破过这层纸，一直到彼此成家，丧偶的丧偶，离婚的离婚。俩人若有似无地联系着，距离说远不远，说近不近，那份情感就仿佛从未破壳的蛹，完整地保存在彼此内心的深处。

电话那头的米兰爽快地答应了，说是正好探望一下安仔。喜欢孩子的她因为工作的缘故一直没有生育，而离婚之后也一直单身，所以每次探望安仔，总是要买上一堆东西，就像对待自家孩子一样的疼爱着。


查毒结果：0个受感染文件，0个被隔离文件。

蓝亦清看着屏幕上跳现的结果，扬了扬眉毛。不知为何，他突然特别期待米兰的来访。安仔应该也是吧，他自我解嘲地想道。

# 4

米兰的来访为这个死气沉沉的家吹进了一股新鲜的空气，就连蓝亦清也感觉自己似乎回复了久违的活力。

米兰五官长得一般，但却有种说不出的韵味，看起来比实际要年轻许多，大概也就二十七八岁的样子。她特别爱笑，笑起来两个甜甜的酒窝，分外可爱，打一进门起，笑声就没断过，粉色羽毛般飘洒了一屋子。

她先跑上了安仔的房间，大袋小袋地往地上一丢，就抱着小男孩亲了起来。尽管安仔也很喜欢米兰阿姨，但毕竟也是半个大小伙子了，脸涨得一片通红，不住地躲着。

"哟！几天没见，会摆臭架子了蓝正安！"米兰嗔怪道。

"没……没……"安仔窘迫地躲着她的目光。

"那就让我好好瞧瞧，看看变丑了还是长帅了哈哈……哎？这是你画的？"米兰指着屏幕问。

安仔支支吾吾地答应着，想关闭已经来不及了。

"很不错嘛……"米兰端详着这幅画，吸引她的倒不是画的内容，而是那些奇特的色调和笔触，带着一种金属的光泽和质感，在细微的暗处铺排着复杂的纹理，看似杂乱无章，但又似乎隐藏着某种规律和秩序，让人看完竟有种刺痛的快感，"……是你自己画的？"

"……可千万别告诉我爸。"

米兰愣了一下，又哈哈大笑起来，拍拍安仔的脑袋。

下到蓝亦清的书房，米兰又换了一副表情，显得静谧而端庄，她对蓝亦清始终保持着一种兄长式的敬重与欣赏。听他介绍完大概的情况，米兰坐到电脑前随便打了几个字。

"确定没有中毒或者被黑了？"她问道，蓝亦清摇了摇头。

"很有意思，让我想起了手头正在进行的活儿，"米兰继续敲打着键盘，"这像是某种密码，但是我看不出哪种模式，不可能是 RSA[①]，也不像是 AES[②]，倒像是最原始的凯撒置换法[③]。"

"哦？你在搞这个？我一直以为你只是坐在办公室吹着空调看看文件。"蓝打趣道。

米兰朝他眨巴眨巴眼睛，吐出两个字："机密。"

---

1 公开密钥算法（public-key algorithm，也叫非对称算法）的一种，1978 年由 Rivest, Shamir 和 Adleman 发明，因此被称为 RSA。RSA 算法建立在对整数进行分解的数学难题之上。
2 AES（高级加密标准 Advanced Encryption Standard），由 NIST（美国国家标准和技术协会）颁布的密匙加密标准。
3 凯撒法（Caesar）是最为原始的加密方法之一，以二十六个英文字母为例，以循环的方式将字母置换成其后面第 .n 个，当 n = 3 时相当于将 A 改成 D、B 改成 E、C 改成 F……以此类推。

"我猜，对像我这样的，还犯不着用密码这么高级吧。"

"我也想这么说，用这么笨的办法传情书？我宁可找信鸽。"

两人对视了片刻，大笑起来，米兰突然停住，故作严肃地看着蓝亦清。

"也许……你该换个键盘了……"

# 5

安仔的大计划取消了。他有了新的计划。

先前在课堂上的涂鸦已经被抛到一旁，蓝正安创作的欲望如荷尔蒙般每天涨潮，新鲜的念头像链状火山般爆发不息，甚至连他自己都惊异于这种非比寻常的感觉，犹如迷狂的酒鬼，无法自拔。

另一件不寻常的事是，他竟无法控制手中的这块 Wacom 画板。尽管他细致地检查过所有设置数据，但莫名其妙地，压感笔下绘出的线条、色彩或者效果，却都并非原本所应该呈现的样子。更加不可思议地，实际形成的图像，恰恰符合安仔脑海中所预想的画面，尽管他从未如此清晰而准确地将它转化为光学实像。

一些东西正在起作用。甚至，它的力量超越了安仔的想象。

晚饭时，蓝亦清发现安仔有点心不在焉，他似乎急切地想把碗里的饭菜扒完，眼神呆呆地盯着餐桌，丝毫不关心嘴里嚼的究竟是糖醋鱼还是红烧豆腐。

"好好吃饭！别慌里慌张的！"蓝亦清敲了敲桌子。

安仔回过神来，充满敌意地朝父亲瞪了一眼，把碗筷一丢，起身要走。

"你上哪儿去？"

"吃完了！"

"坐下！吃没吃相，坐没坐相，你这些天都在干什么？"

"没干吗。看书。"

"看什么书了。"蓝亦清脸色缓和了些。

"漫画！"说完，安仔又噔噔噔跑回楼上，把门一锁，留下餐桌旁吹胡子瞪眼的蓝亦清。

安仔丝毫不关心父亲的感受，在他看来，父亲除了关心那些医疗设备的型号、价格、销售渠道和公司股票价格之外，其余都是可有可无的，包括自己。想到这里，他控制不住地一阵心酸，如果妈妈还在的话……他抓了抓头发，强迫自己把思路集中到屏幕上来。

这幅画太诡异了，他简直无法相信是出自自己的笔下，浓重的大反差色块，枝干般蔓延的纹理，以及细处天书般密密麻麻的未明符号，像风景，像生物，像污渍，又什么都不像。安仔看着这幅画，莫名感到一股毛骨悚然的寒意，仿佛那位蛰伏在画板里的魔鬼突然苏醒，如此急迫地渴望表达自己，甚至不惜吞噬"主人"的意志。

他突然想起了这一切怪事的源头。

# 6

"你是说，都是这玩意搞的鬼？"米兰瞪大眼睛，看着眼前被拆散的键盘。

"我也是昨天晚上才想到，安仔给了我这东西后，才出现怪事的，"蓝亦清抿了口咖啡，不紧不慢地说，"所以马上来找你。"

米兰拿起键盘细细端详，被撬得乱七八糟的按键下，是一个个裸露的金属触片，在本应该是黑色硬塑的地方，却隐隐泛着一层不易察觉的虹彩，那种光泽，只有金属才能发出。

"这是什么？"

"我猜，是那颗该死的键盘清洁工融化成的薄膜。"蓝亦清皱皱眉头，额心聚起几根细纹。

"噢？"米兰挑了挑眉毛，试着用笔去划那层膜，"看起来是十分精致的工艺……似乎已经和塑料结合得相当致密了……"

"我早跟那小子说过，不要胡乱相信网上小贩的鬼话！"亦清怒气冲冲地敲着勺子。

"先别这么武断。你知道吗？"米兰放下了键盘，温柔地直视着蓝的双眼，"安仔怕你。你只有这么一个儿子，为什么不多跟他说说话，这对他很重要，或许对你也是……"

蓝亦清张了张嘴，却没有说出话来，只是默默地搅动着咖啡。

"我不认为这玩意能导致那些乱码，没有通信装置，这种厚度甚至不可能形成电路。"

"晶格纳米线？"蓝亦清停止了搅拌。

"没那么快，大哥，况且在你的文档里插几个乱码又能派什么用场呢？"米兰笑了笑，还是那么好看，"我会把这玩意带回研究所，不过你别抱太大指望。"

"那我……"蓝亦清窘迫地站了起来，又坐了下去。

"休个假，好好陪陪安仔，"米兰夹着那个烂键盘，起身，"你会发现，你的儿子是个多么了不起的天才。"

# 7

啪。一个键盘摔在汤力的桌上，他抬头，不解地看着眼前这个笑意盈盈的女人。

"先分析一下那层镀膜的成分，再帮我把键盘装好。"米兰说。

"喔？24k金的？"汤力撇了撇嘴，来回摆弄着键盘。

"有人说这个键盘自己能打字，而且分不清究竟是来自机器还是人。"

"嘀嘀。恭喜你终于拿到了洛伯纳奖①，晚上庆祝一下？"满脸横肉的汤力装出一副谄媚的笑脸。

"少贫。今天告诉我结果。"

回到座位上，米兰陷入了沉思，似乎汤力的调侃不经意间触动了她。图灵测试②？不，这最多像台吐着纸带的图灵机③。况且这也太过荒谬了，一层微不足道的膜赐予电脑键盘与人类同

---

1 洛伯纳奖 (Loebner Prize) 设立于 1991 年，角逐规定，第一个通过一个无限制图灵测验的程序将获得 10 万美金。
2 图灵测试 (Turing Test)，由英国数学家阿兰·图灵 (Alan Turning) 提出的一个关于机器人的著名判断原则。此原则说：如果一个人使用任意一串问题去询问两个他不能看见的对象：一个是正常思维的人；一个是机器，如果经过若干询问以后他不能得出实质的区别，则他就可以认为该机器业已具备了人的"智慧"(AI)。
3 图灵机 (Turing Machine)，1936 年由阿兰·图灵提出一种抽象的计算模型，他认为这样的一台机器就能模拟人类所能进行的任何计算过程。

等的智力？倒不如说蓝亦清精神分裂更容易让人信服。

可某种东西一直困扰着米兰，在她眼前闪烁晃动着，那仿佛又是天才图灵富有洞察力的发现，在远离平衡态的化学振荡，如潮水涨落般绘出一幅自组织的美妙图景，如此熟悉而又陌生，拍打着她此时不甚清晰的神志。

"嘿，米兰！你给我的到底是什么鬼东西。"汤力不客气地打断她的沉思。

"什么什么？"米兰有点迷糊。

"那个键盘！我的机器分析不出那层膜的成分！从来没见过这种晶格结构，而且……怎么说，它好像在……蜕变。"汤力有点气急败坏地指着他的桌子，那只叫"晃晃"的花猫正试探着去挠那个键盘。

米兰惶惑地顺着他手指的方向看去，不料却看见了骇人的一幕。

键盘上啪地弹出一张巴掌大小的金属膜，闪着紫红的光泽，朝晃晃的头部扑去，猫嘶叫一声，本能地弓背一退，避过了这突如其来的袭击。那张膜扑了个空，在半空中猛地一卷缩，霎时回复成蛹的形状，滴溜溜地在地上弹滚着。

"晃晃！"脸色煞白的汤力此时最关心的却是爱猫。

米兰木然站着，貌似最不可能发生的结果此时却生生摆在面前，像是闷头一棍，打得人透不过气来。但是米兰很快便强迫自己恢复了理智，因为她记起了一件十分重要的事情，那幅在她脑海反复闪现的图像，并非在教科书上看见的 BZ 反应[1]图案。

那是安仔的画。

---

1 BZ 反应，又名化学振荡反应。20 世纪 50 年代初，由苏联化学家别洛索夫（Be-lousov, B.P.）首次提供了一个实在的自组织化学反应，打破了当时由热力学第二定律推出"任何化学反应只能走向退化的平衡态，在两种颜色之间的化学振荡是不可能"的论断，后由扎鲍廷斯基（Zhabotinskii, A.M.）对试验进行完善并最终获得承认。

# 8

　　蓝亦清装好了新的键盘，试了试，没有出现乱码。虽然这证明不了什么，但他仍隐隐觉得这一切跟那个奇怪的蛹脱不开关系，而更奇怪的是，他竟然觉得新键盘没有原来那个好使了。

　　先是打字速度明显慢了下来，错别字多了，而且词不达意，蓝亦清懊恼地发现，原本应该十分顺畅的句子打出来如此别扭，而在自己的思路中竟然也有乱码闪现。这是一种说不清道不明的怪异感，仿佛某个不请自来的推销员，生硬地敲开你的门，闯进了卧室，还公然在你的日记上做着批注，而你却只能袖手旁观。

　　他停了下来，凝神看着那个黑色的键盘，开始有点恍惚。恍惚中他想起米兰的话，他仍然坚持认为，一切都是由于那个蛹造成的，那么，安仔的电脑……

　　蓝亦清一个激灵，为什么自己就一直没有想到安仔，为什么只知道责怪，却不曾关心，难道真像米兰说的那样，自己是个专制而不称职的父亲。他面带沮丧地站起身来，缓缓步上二楼，是该正视自己的问题，跟安仔好好谈谈了。

"安仔，我想跟你聊聊。"蓝亦清敲了敲门，问道。

"忙着呢，改天吧。"门里传出安仔不耐烦的声音。

"安仔，是很重要的事情。"蓝亦清深深吸了口气，按住自己的脾气。

没有回答。过了一会儿，门开了，是一脸不情愿的安仔。

"我能进去吗？"安仔面无表情地给蓝亦清让出路来。

该从哪里开始呢？蓝亦清竟然紧张起来，在数百人的会议上高谈阔论谈笑风生的他，竟然在自己的儿子面前坐立不安。他瞥见了身后的电脑。

"安仔，嗯，上次你给我的那个小玩意……很好用，谢谢你。"

"不客气，我还以为你早扔了呢。"依旧是冷冷的口吻。

"哪能呢，你也用了吧。"

"嗯。"安仔开始警觉起来。

"嗯……电脑有没有……有没有什么特别的反应？"蓝亦清小心地措着词。

"没有啊，一切都很正常。怎么了？"

"你就没有发现……"楼下的手机响了起来，蓝亦清停住了，安仔一副专心听讲的样子，看着爸爸。手机还在响。

"我接完电话上来。"蓝亦清有点狼狈地下楼了。

安仔听着渐远的脚步声，从抽屉里摸出了 Wacom 画板，刚才怕被老爸发现，就把线拔了，藏了起来，可现在他心虚了，不知道老爸葫芦里卖着什么药。安仔抱着画板，焦急地寻找着能藏东西的旮旯，他丝毫没有察觉画板表面细微的变化。

蓝亦清一看号码，是米兰。

"喂。怎么了？"

"亦清！千万别让安仔接近电脑！"米兰的声音颤抖着。

"怎么回事？别着急，好好说清楚。"

"快去！别让他接近电脑，特别是键盘，那个键盘……"

从安仔房间里突然传出一声惨叫，紧接着，蓝亦清听见了物体重重砸在地板上的声音。手机从他掌心不受控制地滑落到地上，啪地碎成几块。

# 9

洁白的特护病房里，蓝正安静静躺着，面色苍白，紧闭的眼睑下，眼球不停地快速颤动着。旁边坐着的蓝亦清彻夜未眠，他埋着头，眼中布满血丝，却不敢合上片刻，因为只要一闭上双眼，那噩梦般的一幕便会不断重演。

他亲眼看见自己的儿子瘫倒在地上，那片闪着紫光的膜吸紧他的面门，然后缓缓地渗入眼窝。而他只能看着，一动不动地看着。

门开了，是护士，还有米兰。米兰脸色也不好，昨晚没怎么睡，一直在与各方面联系着相关事宜。

"怎么样了？"

"那东西已经滑到眼球后部，紧贴在视网膜上，暂时没有继续渗透的迹象。"蓝亦清疲倦不堪地抬起头，仿佛一夜之间老了好几岁。"医生说安仔暂时不会有生命危险，他似乎一直在做梦，不知道什么时候才能醒过来。"

"都是我的错，要是我早一点打电话……"米兰歉疚地自责道。

"不。这全是我的责任……我根本不配……不配当一个父亲。"蓝亦清的声音竟然哽咽了。

两个人都沉默了。病房里一片死般的静谧。

"上面十分重视，已经成立了调查小组，马上会采取行动，兵分两路，一组到源发地进行勘查，另一组会对这些，嗯，我们现在把它叫作'元蛹'，进行研究，我会负责解码部分。"

蓝亦清没有说话，片刻，他站了起来。

"我也去。"他的语气十分决绝。

"可是……你得照顾安仔啊……"米兰不解地望着这个男人。

"待在这里，根本帮不上任何忙，我的臭脾气，说不定还会阻碍安仔的恢复治疗……我要去看看能不能帮上忙，总比什么都不干强吧。"

米兰没有反驳，她似乎隐约间触摸到蓝亦清的内心，激起某种熟悉而又久违的感情，这种感情如此倔强而深沉，以至于让她瞬间回到了懵懂的青葱岁月。

"我会帮你联系的，安仔这边你不用担心，我会好好照顾他。"

米兰看见蓝亦清的眼中滑过一丝不易察觉的亮光，但只是刹那，那光便像流星般消逝在深陷的眼窝中。

# 10

安仔睡着了，但他又醒着，以某种被称为梦的方式。

他紧闭着双眼，但却看见了一切。那些糅合着想象与现实的影像，如万花筒中不断翻转的图案，相互交织、碰撞、融合、振荡，新的影像推动着旧有的，如岩浆，如清泉，如一团不断分蘖的物质，向外喷涌，滑落，又循环往复到最初的起点，但内容却已经全然不同。

他清楚地知晓，这些图像来自不同的个体，因为当他看见的同时，也感受到了。每幅图像背后都隐含着不同的情感，这些情感是如此鲜活而强烈，如果人类情感可以还原等同为一系列复杂的神经元冲动与化学反应的话，那么，移植到安仔脑海中的，便正是不同个体彼时彼处的真实情感。

这只是蓝正安新发现中的一小部分。

不同的图像背后的思维模式也是完全不同的，对事物的分类、对敌意的反应、时空概念、逻辑推理的范式甚至信仰的强弱，均是千差万别，而安仔却能跳脱于这些模式之上，冷静地观察相互之间的关系。更为有趣的是，他发现了粘着于事物之上的体验，超越了概念对现实的固化，它柔软而多变，如同裹着不同酱料的面条，滋味万千。

他看到了三百二十八朵云，有的悲伤，有的神秘，有的带着铁锈的甜涩，有的却关联到一个暮春早晨的离别。但它们都被笼统地称之为"云"，所有的云都被囚禁到这小小的词语的牢笼，它们失去了色彩和光泽，成为一团黯淡的由凝结核和水蒸气组成的集合体。

安仔庆幸自己的那朵云逃脱了。

接着，他看见了自己，躺在病床上的自己。他知道，米兰阿姨来了，因为他感到了漩涡般的忧伤、无助和疲倦，还有一份藏得很深的情感，他不知道那应该叫作什么。爱？也许吧。

"他一直在做梦？"米兰看着安仔，问身边的医生。

"似乎是，他的大脑活动一直处于相当高的水平，如果不是做梦或者处理视觉信息的话，那就无法解释了。"

"在做什么样的梦呢？"米兰像是在问医生，又像喃喃自语。

"PET[1]和 fMRI[2]显示，额叶、边缘皮质、杏仁核和海马都很活跃。"

---

1 PET，正电子断层发射扫描。
2 fMRI，功能性核磁共振成像。

"这能说明什么？"

"什么也说明不了，额叶与视觉处理相关，边缘皮质和杏仁核与情感反应相关，所以他的心率和肾上腺素很不稳定，海马负责学习记忆和空间定位。"

米兰哦了一声，她心乱如麻，密码破译工作进展缓慢，安仔仍在昏迷，不知道蓝亦清那边是否有所突破。

"对了，还有这么一种说法，这几个部位组成一个功能系统，类似于灵长类的镜像神经元，帮助我们理解他人的情感和意图，也就是同理心。"医生突然想起了什么，补了一句。

理解他人。米兰琢磨着这话里的意思，思绪开始飞散。

# 11

蓝亦清从来没有想到，竟会在官方的调查组里碰见同事，研发部的冷冬。无论如何这算不上好事，尽管他使劲向蓝亦清表示慰问和体恤。

目前一切进展顺利，至少官员们是这么告诉他的。他们找到了贩卖'元蛹'的人，在盗卖文物和商业欺诈双重罪名的压迫下，客户信息轻而易举就到手了，扩散范围比先前想象的要小很多，剩下的便是回收组的工作了。

如果有国外买家怎么办？蓝亦清记得自己有一次冒傻气地问。

我们有翻译。那个人眨了眨眼，俏皮地回答。

事实证明，蓝亦清原先的担心是对的，挖掘现场已经筑起了几层小楼。卖主供认的地点是一处耕地转建筑用地，打桩时工人从地里挖出水牛大小的实心金属块，阳光一照便解体为成百上千个小蛹，卖主是附近的住家，喜欢搜集古玩，便包了下来，后来鬼使神差发现蛹能吃掉键盘里的污物，便做起了买卖。

他们查阅了当地的文献资料，八百多年前确实有铁牛入地的记载，有堪舆方士测算为凶兆，于是路人皆走避，更无人挖采。

"嘿，哥们儿，你觉得那玩意会是外星人吗？"冷冬故作亲昵地拍拍蓝亦清的肩膀，端了杯咖啡坐到他旁边。

"听起来像那么回事，"蓝亦清扭头四周望了望，没有其他组员在场，"好了，别卖关子了，你到底在这干嘛？"

"咔咔。你的鼻子还真灵，"冷冬干笑了两声，"我们现在可是政府的合作伙伴。你以为他们真的是来调查那玩意吗？不不不，官僚们永远是妄想狂，他们一是为了确定这玩意不是敌国的间谍工具，二是避免它流落到闲杂人等的手里，三才是那玩意本身。"

"公司为什么要协助政府进行研究？"蓝亦清不解。

"唉，像你这么精明的头脑，怎么会看不到这背后白花花的银子呢？"冷冬猛地灌了一口咖啡，"我们在类神经芯片的研发上已经落后了，今后十年将是争夺市场的关键时期，不领跑就得回家，必须建立突破性的优势。"

"你是说……那层膜？"

"没错！我们发现那玩意远远比硅基完美，无须解决硅生长锥所带来的连线问题，神奇的自组织能力，近似人脑神经突触的联络能力……尽管我们还没完全摸清它的原理，但是，忘了晶体管吧，还有那些笨拙的布线方式，这是一个属于我们的奇迹！"

"的确很激动人心，"蓝亦清冷冷地回应道，"不过，我不认为你们能掌握它，那是某种超越我们理解力的东西。"

"OK，向你的神秘主义致敬！"冷冬讨了个没趣，酸溜溜地端着咖啡杯走开了。

蓝亦清绝非随口说出这番话，那些幻觉仍不时隐现在他的脑海里，更何况，安仔现在仍在病房里，没有丝毫苏醒的痕迹。一想到这里，他的心就如被地狱之火烧灼般，剧烈地疼痛起来。

# 12

"该死！你就不能把那玩意关上吗？"米兰一把摘下防护头盔，朝房间另一端的汤力吼道。

胖子汤力满脸不情愿地关掉音响，做了个鬼脸。

米兰知道自己现在看上去一定糟透了，缺乏睡眠，披头散发，还有沮丧、焦躁和易怒的表情，轮番出现在没化妆的脸上，她甚至不敢照镜子。而这一切全拜了那见了鬼的密码所赐。

密码的破译工作丝毫没有进展。尽管她最初猜测那是原始的凯撒置换法，但是概率统计根本不起作用，她被迫放弃了这个乐观的想法。会是维吉尼亚式的多表替换吗？抑或是类似经典的转轮机 ENIGMA[1]，那样的话她所面对的将是上亿亿次的计算量，更何况对于密钥仍是一无所知，根本无从入手。

米兰也尝试过将那些乱码转换为二进制或十六进制进行分析，但没有任何一种目前通用的算法与之相匹配，这并非像盗版软件般，可以通过反汇编，或者穷举注册码来进行暴力破解。她

---

1 ENIGMA 是在二战期间由德国人使用的转轮加密装置，由一个键盘和一系列转轮组成，通过转轮的移动和接线板的置换来完成加密及解密，在"二战"前期德军的胜利中扮演着重要角色，最终被波兰人破解。

开始考虑数学问题，如果是像 RSA 那样的大整数因子分解，又或者是 DSA 式的离散对数或者椭圆曲线离散对数算法的话，那她只有举手投降了。即使发动所有百万亿次级的大家伙都未必能在规定时间内分解一个超过 1024 位的强素数[2]。

米兰不得不承认，她卡死在这里了。

"这他妈就不是人干的活！"她摇摇晃晃地站起来，把头盔狠狠砸到地上，泪水噙满了双眼。

周围的人都诧异地望着她，不一会，诧异化为同情，又化为怜惜，她把自己逼得太狠了，也难怪会做出这种一反常态的举动。

"那个……"汤力怯怯地指了指她，又挠挠头，他不知道自己的幽默感此时是否合适。"……他们没告诉你吗？"

"说！"米兰带着怒气喊道。

"……那玩意儿似乎来自火星，或者外太空什么的……"

如同黑暗中呼啦敞开了一扇大门，米兰眼前豁然一亮。非人，是的，这密码本来就并非遵循人类的逻辑，硬要用人类的思路去解答，只能是南辕北辙，缘木求鱼。想到这里，她长长地出了一口气，淤塞已久的心头仿佛一下爽朗通透了。

---

2 一般认为，超过 1024 位的强素数无法用暴力破解法进行因子分解。

"那么，天才的汤胖子，能不能告诉我你是怎么想的。"

米兰微笑着，如同往常般温柔而光彩照人。

# 13

随着调查日益接近尾声，蓝亦清愈加明显地感觉到，一股焦躁不安的情绪在队伍中蔓延着，而其中表现最为明显的便是冷冬。他似乎在不停地跟不同的官员谈话，又或者频密地接听电话，神色慌张而严肃，一改平日嘻哈的作风。

蓝亦清不想去打听，更不会问冷冬，但只言片语之间，却已经猜出了个大概。

事情正在起变化。"元蛹"的消息终于还是外泄了，几个竞争国已经先后采取行动，暗地派出间谍机构进行活动，不惜代价，只为抢先获取样本；另一方面，背地形成战略同盟，计划在间谍行动失败之时，将问题摆上台面，通过国际舆论的压力来迫使我国政府共享"元蛹"及相关资料，毕竟以全人类的名义的确足够冠冕堂皇。

政府现在承受着极大的压力，以当今的科研实力差距，交出"元蛹"无疑就是彻头彻尾的失败，甚至可能影响到今后国际竞争格局的变动。但是，无论从哪个方面来看，阻止"元蛹"落入对方之手又似乎是不可能的任务，只是迟早的问题而已。

"疯了，全疯了！这群低能的无脑儿！"冷冬骂骂咧咧地又坐到他的身旁，只不过，这回手里端的是一杯啤酒。

蓝亦清扬了扬眉毛，表示期待着他的继续发言。

"他们居然要把所有的元蛹都销毁掉！那我们怎么办？"冷冬抑制不住自己的怒气，但又别扭地把声音压低，"前期我们可是投入了上千万的公关费用！全打水漂了？"

"我记得，我们可是政府的合作伙伴。"蓝亦清掩饰不住满脸的讽刺。

"研究进度太慢了，在我们搞出个子丑寅卯之前，估计他们早就申请专利了。政府等不及了。"冷冬打了个嗝，满嘴酒气。

"难道他们能说销毁就销毁？连个说法都不给？"

"别逗了，哥们儿，莫非你还不知道？"冷冬眼神有点迷离地盯着蓝亦清，嘴角抽动几下，"嘿嘿……你的儿子，安仔，就是他们最后的筹码啊……"

蓝亦清打了个冷战，后背升起的寒意刺得他头脑分外清醒。是的，事情很明显，无论是从人道主义的角度延缓交出元蛹，还是以危害公民人身安全的罪名全面销毁元蛹，他的儿子蓝正安都是必不可少的一颗棋子。当然，这个假设的必要前提，他依然昏迷不醒。

　　蓝亦清丢下微醺的冷冬，跌跌撞撞地离开了酒吧，冷汗布满了他的额头。他必须马上回到安仔的身边，一刻也不能多耽搁，因为此时的他，已经谁也无法相信了。

# 14

　　"如果我是你……"沉默了许久的汤力终于抬起头，严肃地望着米兰，"我会瞧瞧爱丽丝和鲍伯[1]之间是怎么说悄悄话的。"

　　所有的人都愣住了，米兰也愣住了，过了好一会儿，她才扑哧笑出声来。

　　"见鬼，我怎么没有早点想到呢？"米兰懊丧地拍拍自己的脑袋。

　　汤力是对的。米兰之前只是在单独的电脑上钻研密码的规律，却从没观察过两台被侵入的电脑之间是如何对话的。如果按照这种新的思路，先分别记录两台电脑的密文，再让它们联机对话，便能发现双方彼此呼应的句式变化，从而找到破解关键词汇的突破口。

　　这是一门陌生的语言，而不是密码。

　　各就各位，米兰像个将军般下令，胜利的曙光燃亮了她的热情。繁琐的测试环节按惯例有条不紊地进行着，她的眉头时而

---

1 爱丽丝（Alice）和鲍伯（Bob），密码学中用来指代使用密文通信的双方。

舒展，时而紧锁，一些奇怪的感觉不时打断她的思路，如同胶片的跳帧般，闪现着迥异的色调与质地。

结果出来了。

"汤力，你看看这个。"米兰话音里带着无奈与迷惘。

联机对话之后，两台电脑的密文形式都有所改变，它们似乎吸收了彼此的一部分，最后竟然固定为一组相同的密文，就像两位对唱的歌手，尽管原先的音色、节奏、旋律都不尽相同，但最后却彼此穿插磨合，以合唱结束了演出。

"某种共振效应？"胖子挠了挠头，"莫非真是无解……"

汤力的话使米兰想起了之前他们一直在攻克的课题，量子密码。由激光束传递单一的光子，光偏振的方向代表一连串量子比特的 0 和 1，组成了密钥，对信息加密或解密，任何试图窃听密钥的行为，都将在海森堡测不准原理的制约下，扰动光子流的性质，从而被发觉。因此，除了背叛这种历史悠久的人类行为，量子密码几乎是无法破解的。

但这却不是汤力想要表达的意思。

"我真的觉得，"汤力一副"我很认真"的表情，"真的真的觉得，这可能不是我们所想要的东西。"

"什么意思？"

"我突然想起一件事，为什么我们会一直把这些鬼画符当成密文？"胖子开始絮叨，"愚蠢的人类沙文主义！蠢到家了。记得我跟你说过的吗？这些玩意不属于这颗星球，它们凭什么按咱们的规矩办事？"

米兰沉默了。

"就因为它们会打字？噢，那可真聪明，都快赶得上写莎士比亚的猴子了。也许，它们只是误打误撞，也许，这只是它们的排泄物，也许，它们根本不把它当回事儿……"

"够了，汤力，"米兰挥挥手制止了他的喋喋不休，"够了。让我安静会儿。"

她不得不承认，汤力说得有理，他们根本没有足够的证据，证明那是包含着某种意义的语言，这从头到尾只是一厢情愿。但这真的毫无意义吗？米兰隐隐感到自己忽略了某些至关紧要的细节，一些显而易见的东西。

手机响了，她接起电话，双眉粲然一舒，脸上绽开了花般的笑靥。

安仔醒了。

# 15

蓝亦清没有想到，回来见儿子的第一面，竟然是在病房的电视机前。

电视并没有开，安仔直勾勾地盯着灰暗的屏幕，反射着自己木然的面容，一个高大的身影从背后靠近他，站住了。一只厚实有力的手拂过男孩的头发，滑落到他的肩膀，动作是那么轻缓柔和，似乎生怕惊飞了停歇在荷叶上的蜻蜓。

"他会一直这样吗？"蓝亦清没有回头，问身旁的医生。

"数据表明，他的一切生理状况都十分正常，但似乎某个梦境，引发了情绪的剧烈波动，造成了暂时的认知和交流障碍。"

"暂时？希望咱俩的'暂时'是同一个时间概念。"蓝亦清显然对这番空话十分不屑，扭头看着熄灭的屏幕。他俯下身子，脸贴着安仔的耳畔，他想知道，安仔到底看到了什么。

逐行显像管。

1024×768 个点距为 0.25mm 的荧光点。

安仔发现，这些纵横排列的点阵能够妥帖地管理他的梦境，或者说，他在睡眠状态中接收到的信息片段。他将梦境一一映射到荧光点上，然后按照不同的模式反复点亮、熄灭，寻求其间的规律，成千上万各异的影像与情感次第燃起，或水平，或垂直，或以毫无章法的路线描绘出怪异的形状。在极快的刷新频率下，超黑矩阵屏幕所特有的碳粉颗粒，在荧光点之间扮演起路由器的作用，相邻光点的梦境借由碳晶体的各个表面进行折射，彼此游移、置换、重叠，又形成另一套更加复杂而高效的路径。

经过整理归类的梦境又重新回到安仔的头脑中，灰黑的屏幕上最后只剩下一个片段，这个片段从细微的一个荧光点开始自我复制，如多米诺骨牌般迅速占据了其他的光点，最后填满了整个屏幕，成为一幅整体的图像。那片段中的主角轮廓如此熟悉，但其中蕴涵的感情却陌生而复杂，蓝正安不得不稍稍集中起精神。

轮廓逐渐清晰，凝结成一张沧桑而疲倦的面孔，那是神情黯然的蓝亦清。

那是一团纠结着诸多微妙情感的集合体，交织翻腾，奔涌不息。一些或模糊或鲜活的影像碎片，被裹挟于情感的洪流中，若隐若现。安仔看到了母亲那年轻而柔美的脸庞，在愧疚与悔恨的浪花中，被抬得高高的，像太阳般炽烈而明亮，让人无法直视。一股夹杂着疼痛的暗流穿越时间的重重记忆，与懊丧和愤怒汇聚在一起，卷起无数黑夜里的低泣，狂暴地旋转着。那漩涡的中心，却是安仔自己。

襁褓中的婴孩，咿呀学语，第一次叫爸爸，哭泣，教室里的背影，母亲病床边的沉默，争吵，敌对，冷漠，冷漠，冷漠……电光火石的一瞬，安仔透过父亲的眼睛，看到了自己的生命如河流漫淌，一种强烈而深沉的情感如河床的基石，塑造着、指引着河的形状与流向，而这是他以前从未体会到的。

蓝正安第一次感到，在自己与父亲之间，存在着如此强韧却又无形的纽带，将彼此的命运牢牢联结在一起。这便是血缘之情吗？

他又看到了第四个人。一股初春的气息在父亲的思绪中弥漫开来，如枝头的晨露，清澈、甜美、生机勃勃，他感慨于人类情感的丰富细腻，同时又察觉这份渴望中的犹疑与压抑，他开始明白了。

"安仔怎么样了？"米兰的身影反射在屏幕中，急切地问蓝亦清。

亦清直起身子，眼眶潮红，颓然无语。米兰抚着安仔的肩膀，指尖滑过他的头发、前额、鼻尖，又无力地垂下，那双澄澈的眼睛里没有泛起丝毫的波光。

"刚刚接到紧急通知……"米兰迟疑着，不知道蓝亦清会有什么反应，"……所有的元蛹将集中销毁，研究宣告失败。"

蓝亦清出奇地平静，政府终于棋走险着，他们将为这最后的选择付出代价。

"没有发现任何有用的东西吗？"他现在心里满满当当装着的，只有儿子。

"那些密码很可能只是毫无意义的涂鸦，我们始终想不明白的是，为什么它们会选择电脑作为寄主，又为什么会转移到人体上。"

寄主。米兰脱口而出的这个词深深触动了蓝亦清，他开始回忆事情发生的始末，键盘，画板，阳光下分解的铁块，寄生。

"你说过，我给你的那个键盘里的元蛹，也差点侵入了一只猫的躯体，"蓝亦清沉吟道，似乎抓住了一些关键的细节，"当时的键盘是脱离主机的吗？"

米兰仔细回想了一下，点了点头。

"看来我们可以作出一个有力的推论，"蓝亦清胸有成竹地说，"能量。它们是为了获取能量，所以接入了键盘和画板的电路中，又因为电源被切断，因此转而寄居到生物体上，汲取生物能。它们还真是胃口好，不挑食。"

"等等！"他脸色陡变，像是想起了什么，"他们准备怎么销毁元蛹？"

"……集束激光。"米兰同时意识到问题的严重性，慌乱地掏出手机。

听筒中一遍遍传来的，是无法接通的冰冷提示。

# 16

事情发生得如此迅疾，他甚至没来得及做出反应，尽管之前他自认是一名训练有素的军人，肩上的杠与星可以作证。

他看着那堆垃圾在集束激光的照耀下青烟滚滚，不多会便化为气体，但始料不及的是，那些细小的元蛹以令人恐惧的速度融合分裂成一座金属怪物，从废墟中膨胀开来。那怪物开始只是水牛般大小，但只是刹那，便生长成数十层的高楼，再后来，便发现自己刚迈开的脚步已经被吞没了。

现在他所苦恼的是，不知道应该如何界定自己面对的状况。

透过紫红色的半透明物质，他能看见天空，地面和城市，都被笼上一层金属般的质感，折射出重重叠叠的复杂纹理，如同水流般萦动不止。他能看见其他人，他的长官和战友们，还有其他的陌生人，悬浮于这团巨大的物质中，如陷于蛛网上的小虫，无助地伸展着肢体。但令他心生疑惑的是，他同时看见了自己，从不同的角度，不同的距离，可那的的确确是他。

他在前进着。这台巨大而怪异的公共汽车正在穿越城市，但并没有造成破坏，每当接触到建筑物的瞬间，它便会颤动，然后顺畅地渗透那些由钢筋、水泥和混凝土浇灌而成的躯壳。不时会有躲避不及的人群加入他们的队伍，那些惊恐无措的路人，从底部卷入，沿着仿佛预先规划好的路线，打着旋子，被抛掷到某个角落，然后像被钉子固定住般，动弹不得，只剩下五官不停地扭曲着。

这真是一场滑稽的噩梦啊，他想到。

可这梦又未免过于诡异了。每增加一个被吞噬的人，便会增加一个看见自己的视角，不仅如此，他突然意识到，脑海中一直回响的，并非只是自己思考的声音，而是由许多把声音交织而成的合音，其中夹杂着各种不和谐的喧哗与骚动，颇为热闹。

这可不太对劲，他，或者他们想到。还有更不对劲的，他突然不知道自己是谁了。事实上，他清楚明白地知道自己的名字，一百五十八个名字，还在不断增加中，习惯告诉他，其中应该只有一个名字对应着自己，可他却无法分辨。

好吧，那就我们吧。他有点懊恼地想到，回头报告应该怎么署名，那可需要附上厚厚一本签名簿。

但很快，他就把签名簿的事情抛到了脑后。一支集团化军队出现在他面前，装甲坦克一字排开形成封锁线，炮兵与狙击手占据各个有利位置翘首以待，天空中传来战斗机的轰鸣声，大地战栗。

他知道，它们都不是对手，而且，他突然无比清晰地看到自己前进的方向，在这段旅途中，将无人能够阻止我们前进的步伐。

他已经开始习惯于使用"我们"了。

# 17

　　蓝亦清和米兰目瞪口呆地看着电视中发生的一切。那座硕大无朋的元蛹如同一颗金属果冻，所有的炮火在接触到它的瞬间，都被那种奇异的颤动吞没，然后从另一侧吐出，背后的城区被炸得一片狼藉，而蛹本身却毫发无伤。

　　它似乎对面前的这堆现代化武器视若无睹，依旧优哉游哉地朝前蠕动，士兵们纷纷丢兵弃甲，开始溃逃，而来不及爬出控制舱的坦克兵们，则被吸出了舱门，成为众多乘客中的一员，仿佛果冻中的鲜果粒，在阳光中抖动着别样的光泽。

　　蓝亦清有种不祥的预感，尽管他不愿相信，但理智强迫他必须接受这个事实。巨蛹的确是朝着他们所在的方位而来，很明显，它的目标是安仔。

　　米兰同样感受到这种恐慌，她看着蓝亦清，眼神中充满不安。

　　"我去。"淡然二字，却似有千钧重量，震得两人一片愕然，因为，说出这话的不是别人，正是方才还一脸木然的蓝正安。

蓝亦清和米兰又惊又喜，他们紧紧地拥抱着安仔，同时也拥抱着彼此。

"米兰阿姨，爸，"安仔的眼神恢复了灵动，晶莹透亮，似乎饱含着一片温暖的阳光，"它们找的是我，我去。"

"不行！你这是去送命！"蓝亦清怒喝了一声，身体却瘫软了下来，"别去，安仔，就听爸爸这一回，好吗？"

"爸。你还记得吧，妈以前常给我讲的那个故事，那个犹太人的故事。如果每个人都为了保全自己，默不作声，到最后，就会连发出一丝求救的机会都没有……"

蓝亦清沉默着，在此时的安仔面前，他竟没有一丁点反驳的力量。他知道，儿子是对的，元蛹将会沿着这个方向，横扫数十个大小城市，途经之处，将会增加不计其数的牺牲者。安仔超越年龄的成熟和深明大义让他自豪，可为什么偏偏是他的儿子？他的眼眶湿润了，额角的青筋不住地跳动着，一股撕心裂肺的疼痛猛烈地袭击着他的神经，蓦然间仿佛又回到妻子病逝时的绝望境地。

"米兰阿姨，它们是一个整体，而且，每颗单独的蛹，既是部分又是全体。就好像分型图案，每个细处放大之后，又是一幅与原来极相似的图案。"安仔指指自己的脑袋。"所以我知道，只要得到我脑子里的这一块，它就完整了。"

米兰琢磨着安仔的意思，恍然大悟。如此说来，那些乱码就像填字游戏，每个元蛹都如同一张只填了小部分的字谜表格，彼此对话之后，便将各自的字母填入对方的空格，以确认各自的身份和位置，最后，便是一张完美无缺的复杂单词表。

"如果我，我是说如果……"安仔没有说出那个词，但米兰却已心领神会。她不知道该说些什么好，眼前这个十四岁的小男孩，看来却比自己还要成熟睿智许多，活像是被亡魂附体的通灵者，未免让人心寒。但此时，她只是用力地将安仔拥入怀里，抚摸着他柔细的长发。

这是我的孩子，米兰突然强烈地感到这一点，是的，从他母亲去世的那天起，她便下意识地将自己代入这一角色，把他当作亲生儿子般对待，如今，她却要失去他。米兰双肩微颤，把安仔拥得更加紧实。

安仔突然诡秘地眨眨眼，像是看穿了什么，他凑近米兰的耳畔，轻声说了句。

"……我爸就拜托你了。"

米兰再也控制不住自己的泪水。

# 18

这便是元蛹的内部？

蓝正安看着身后涟漪般泛开的紫色波纹，颇为惊讶，因为他仍然看得见父亲与米兰站在日光下，苍白紧张。在他们之间似乎只隔着一层有色玻璃，除此之外，无论呼吸、气温或者触感，都与外界没有太大的差异。

一股强大的力量将他轻轻托起，仿佛沿着某条隐性的轨道，紧接着一系列复杂的旋转和爬升，安仔悬到了离地数十米的空中，但却没有丝毫颠簸与摇晃。他好奇而略带惶恐地看着散布于整个空间的数百具人体，恍如儿时摇篮上空悬坠的玩具木偶，在紫色日光中缓缓旋转，有的紧闭双眼身体却不停颤动，有的双目怒睁却如木桩般僵硬，但毫无例外的，他们都如同提线傀儡般扭曲出怪异的姿势。

噼啪。整个元蛹刹那间暗了一下，旋即又恢复光明，正在安仔疑心自己眼花之时，它又以极快的速度闪动了几下，仿佛划过一道道黑色的闪电。但当四周陷入漆黑的瞬间，那些人体却次第亮了起来，仿佛他们是显像管上的一个个荧光点，在电流经过的数微秒间绽放出耀眼的白光。

忽然，所有的一切都陷入了黑暗，连人类也不再发光。

蓝正安知道，对话开始了。

黑暗中出现了一点光亮，光点越来越多，越来越密集，最后竟汇聚成浩瀚无垠的星空。星空开始移动，安仔惊恐地看着极大尺度的星云迎面扑来，乳白色的旋臂舒展着穿透他的身体，恒河沙般细碎的恒星不停地撞击着脸庞，光芒炽烈，温度冰冷，接着又是漫无止境的虚空与缥缈，另一座星系从深紫色的背景闪现，放大，轰然而至，周而复始。


欢迎回来。


安仔似乎听见一个声音从脑中响起，但他很快醒悟到，这不过是人类大脑所习惯的信息处理方式，将某种意义转化为可感知的形式加以重现，他并没有真的听到声音，但元蛹的确在跟自己对话。或许这眼前的一切，也是它们为了匹配人类视觉而生成的信息？

我并不属于你们。他回答。

安仔脚下疾速地卷起一片光的漩涡，交叠在不断前行的星空上，漩涡中影像纷乱而模糊，仿佛是许多片段拼贴而成，慢慢地，安仔看出了端倪。这是元蛹原来的世界，一个高度发展的文明社会，为了使整个种族形成一个圆融和谐的智慧共同体，元蛹被发明了出来，它被设计成能够联结不同个体之间的情感与意识，愿望美好而高尚，但结局却并非如此光明。

他看到了阴谋、背叛、血腥与屠杀，图像在混乱的爆炸与坍塌中隐没。背景中，一颗超新星爆发了，血红色的光臂照亮了数万光年的星空，并将持续亿万年之久，对于许多文明而言，那便是永恒。

我们一直在寻找。

背景蓦然收缩了尺度，深深潜入星系之内，不计其数的恒星、行星、陨石带快速地掠过安仔的身体，偶尔短暂的停歇，便会有光的漩涡喷涌而出。他明白了，元蛹带着那深植于记忆中的使命，在这亿万年的旅途中，寻找能够实现融合的智慧生物，但它们一次又一次地失败了。无数的世界在它们身后倾颓，文明化为废墟，智慧凋零，生命湮灭，而它们自身的智慧却在萌发、滋长、升华。

画面上出现了一颗淡蓝色的行星，放大，定格，缓缓旋转。地球。元蛹在大气层中解体，化为数千颗独立的蛹，如流星般坠入世界的各个角落，宛如一场盛大的烟花。

人类并未发展到自觉运用元蛹的文明阶段，他们如同天真的小孩，手捧着这天赐的礼物，满心欢喜地佩在胸前，或者秘藏于花纹繁复的珠宝盒中。只有极少数元蛹发挥了作用，但它们的主人并没有足够的智慧和理性去驾驭这种能力，于是，他们被送上了宗教法庭的绞刑架或者火刑台，他们成为名震一方的巫医或者通灵者，他们神智崩溃被放逐于荒原或自绝于文明，但无论怎样，这与元蛹的使命毫无关联。

经过数千年的辗转流离，元蛹依靠对极少数寄主施加潜在的影响，终于重新聚集在一起。这一过程与人类历史的进程息息相关，其中有征战四方的一代枭雄，也有富可敌国的行贾商人，更有智冠人杰的智者谋士，他们的占有欲和收藏癖成了元蛹实现目的的最佳工具。但当它们融为一体，企图再上征途时，却发现由于地球能源的过低利用率，导致蓄能不足，在逃离大气层之时，遭遇电磁风暴，重新坠入地底，陷入漫长的休眠。

又是数百年过去，沧海桑田，世界成了今天的模样，但似乎除了技术的发展和能源的高度消耗，人类还是那个天真而虚荣的小孩，他始终没有长大。

安仔看着这令人目眩的千年蒙太奇，一种莫名的悲哀无法遏止地蔓延开来，不知是为了自己，还是为了它们。


*我们要走了。*


是的。非走不可。安仔突然深切地体会到元蛹的用心良苦，如果不尽快离开地球，人类必然像它们以往所造访的文明一般，由于自身的贪婪和欲望，陷入万劫不复的境地。或许，现在整个世界已经悬挂在剃刀的边缘，只要某个方向上稍稍加力，便会干脆爽利地撕裂成两半。

背景又恢复成深紫色的星空，如此静谧而宽广，似乎它的存在便是一切。


*我们需要你。*


为什么。

他很快得到了答案。寄生在他脑中的元蛹，主管记忆和空间定位，与人类大脑中的海马功能类似，但海马还有一种它们所不具备的功能——学习。它们希望能够借助人类大脑的学习功能来完善自身，希望有一天能实现它们的使命。

让我想一想。

安仔惊讶于自己竟然会考虑这一决定，难道是脑中的元蛹在施加影响？他想到了父亲和米兰阿姨，想到了自己钟爱的画画，想起了现实生活的无数碎片和场景，也想到了前面无尽的旅程和未知的世界。

他想了很久，很久。

最后，他点了点头。

# 19

"请马上撤离危险区域！以免造成不必要的伤亡！请马上撤离……"

蓝亦清和米兰惶惑地朝着声音的方向寻去，是一辆正环绕着元蛹行驶的轻型装甲车，它的车载广播系统正不停地重复着这两句话。

"莫非……"米兰紧张起来，一种不祥的预感掠过她心头，"……他们到底想干吗？"

"这群狗娘养的，我不会让他们动安仔半根手指头！"蓝亦清攥紧了拳头。

装甲车十分不情愿地在他们俩面前一个急停，驾驶室摇下玻璃，一个全副武装的军人用蛮横的口气呵斥道："你们俩聋了啊！三十秒内还不滚出我的视线，一切后果自负！"

米兰拽住想要发作的蓝亦清，不卑不亢地还击："你知道你在跟谁说话呢？难道在你眼里，一枚国防二等功勋章还不如一条野狗？"

装甲车在他俩面前停住，一名全副武装的军人对他们说道："半小时内将展开第二轮攻势，为了你们自己的安全，还是赶紧撤离吧。"

"你们的良心难道被狗吃了吗！"蓝亦清再也忍不住了，怒目圆睁，"我儿子还在那里面，几百条人命难道就这么贱！"

"我只是奉命行事。"军人闭了嘴，脸色铁青。

"你们的指挥官是谁？"米兰捋了捋头发，脑海中努力搜索着可以利用的关系资源。

那人说出一个名字，米兰眉头微挑，她居然认识这个人，事实上，那个人在发迹之前也与米兰属于同一系统，两人曾在数次会议上打过交道，彼此印象都不坏。

"你帮我接通他的电话，就说是五所的米兰找他。"

"对不起，我没有这个权力。"军人摇摇头，一副爱莫能助的表情。

米兰狠狠地瞪了他一眼，在蓝亦清讶异地注视下，她掏出了手机。数通电话下来，动用了不少曲折的关系之后，她终于接通了指挥官的案头电话。

简单表明身份和意图之后，指挥官直截了当地告知米兰现实情况的严峻性。事情远远比他们所想象的要复杂。国际社会对我国政府私自动用武力表示强烈不满，同时怀疑我国是否有能力妥当解决危机。敌对国已经提交动议，倘若时机成熟，将结盟强行介入此事，这将成为他们干涉我国内政的一个有力借口。无论最后是驻兵还是其他手段，所带来的严重后果将是无法预料的，高层已经下达了死命令，一定要在期限内解决问题，不惜任何代价。

不惜任何代价。米兰的心一下子像掉进冰窟般，刺骨的冷。

"难道没有别的办法了吗？哪怕再延迟几个小时。"米兰失神地望着蓝亦清，焦急地问，许久，她听见电话那头传来一声叹息。

"你以为我愿意在自己的国土，对自己的人民动用这些大规模杀伤性武器吗？但如果不这样做，恐怕我们的代价会更加惨重。"指挥官的声线微微颤抖，他沉默了片刻，话锋一转。"其实，我一直十分欣赏你那过人的直觉，这也正是我离开科研岗位，转投战场的原因，我并不具备那种天赋。所以，请你的直觉告诉我，那到底是什么鬼东西？"

米兰沉吟了少顷，用缓慢却又不容置疑的口吻回答："还记得有一次我们在会议上讨论哥德尔定理吗？你说要理解哥德尔定理，必须先理解罗素悖论[1]，因为它是形式逻辑体系出现矛盾

---

1 罗素（Bertrand A.W. Russell 1872-1970），英国哲学家、数学家、作家。他从集合论中的康托悖论出发，提出了罗素悖论，即定义集合 S（罗素集）是所有不以自身为元素的集合所构成的一个集合。根据集合的概念，如果 S 属于 S，那么 S 属于那些不以自身为元素的集合，便推出 S 不属于 S；又如果 S 不属于 S，那么 S 反而属于那些以自身为元素的集合，便推出 S 属于 S。这两个相互矛盾的命题构成了悖论。罗素悖论的通俗化描述便是著名的"塞维尔村理发师悖论"。

的源头。元蛹就是这个世界的罗素悖论。"

电话那头陷入了长久的沉默。

"……好吧,"指挥官艰难地吐出每一个字,"我答应你,攻击推迟半个小时,这已经是我所能做到的全部。"

米兰还没来得及表示感谢,突听得装甲车里的军人一声惊呼,蓝亦清扑通瘫软在地,口中喃喃地念叨着安仔的名字。她顺着他空洞的视线望去,元蛹已经不再透明,它浑身闪耀着金属的紫色光泽,缓慢而坚决地收缩着躯体。

"对不起,恐怕我的承诺要作废了……"

手机鸣着苍白的忙音,随着米兰的手臂无力地垂向地面。

# 20

　　元蛹那庞大的身躯如退潮般缓缓收缩，镜面般的外壳不断变幻着色彩与纹理，如星云，如卷云，如湍流，如回路，神秘莫测。它的外形也在不断地改变，如同一团放大了无数倍的阿米巴变形虫，触手、伪足、附鳍、根瘤……各种怪异的器官轮流着浮出体表，又潜没消失，仿佛在重演一场亿万年的进化史。

　　蓝亦清和米兰绝望地看着眼前发生的这一切，他们认为这是消化，而非进化。直到在元蛹退却的地面上出现了第一具人体。

　　接着是第二具、第三具……他们开始缓慢地蠕动肢体，发出低沉的呻吟声。他们还活着。

　　两人又惊又喜地检查着不断增加的幸存者，但是，没有安仔。被吐出来的人群已经在地面上密密麻麻地躺成一片，如同某件大型行为艺术作品，他们衣着完好，神情恍惚，无法言语。

　　"安仔——"蓝亦清和米兰声嘶力竭地呼喊着，却只得到一片模糊的呢喃。

　　有些幸存者开始站起来，茫然地看着眼前的一切。站立的人越来越多，他们面朝着元蛹的方向，围成一个半径巨大的圆圈，圆心是持续收缩的金属怪物。他们仍在呢喃着，以同样的节奏，同样的音调呢喃着。

蓝亦清和米兰分头沿着圆圈的两个方向搜索，他们疯狂地穿越那些植物般的人群，努力从一张张肃穆而苍白的面孔中辨认出安仔。他们碰头了，一无所获。

忽然，所有的呢喃声同时消失了，世界陷入了噩梦般的静谧中。蓝亦清和米兰相互搀扶着，惊恐地朝圆心的方向看去。元蛹的收缩停止了，它凝固成一座精致而伟岸的雕塑，从它的形状上，找不到类似生物或者任何现实事物的特征，它只是一个巨大而抽象的符号，冷冷地存在于这个世界，映照着周围的一切。

它开始上升了，平滑、匀速地上升着，没有丝毫重力作用的痕迹。

米兰突然一声尖叫，蓝亦清顺着她手指的方向，看见一个小小的人形，瘫在元蛹升起处的中心。他们不顾一切地拨开人群奔了过去，是安仔。在遮天蔽日的元蛹下，蓝亦清紧紧地把儿子拥在怀里，米兰喜极而泣，泪流满面。

"……爸……"安仔低低地叫了一声，但双眼仍然紧闭着。

"安仔！安仔！爸爸在这里！"蓝亦清眼眶潮红，温柔地抚摸着安仔的头发，他希望儿子只是做了一个噩梦，仅此而已。

"爸……"安仔艰难地睁开了眼睛，迷惘地看着四周，"……米兰阿姨，我好像……做了一个很长很长的梦……"

"都结束了，一切都过去了……"米兰轻轻地说。

"它们……它们要带我走，我答应了。可……可我还在这里……"

米兰破涕而笑。是的，罗素悖论，她早该想到的。你既属于你，你又不属于你，这便是元蛹的逻辑。

"一切都过去了……"她只是又重复了一遍。

元蛹越升越高。人们站着，仰望着那个紫色的亮点渐渐消失在湛蓝的天空中，阳光照耀着他们的脸庞，表情微妙而复杂，仿佛内心的某一部分也随着这不速之客消逝无踪，至于那部分是什么，每个人都在寻觅着自己的答案。也许，他们要用一辈子去寻觅这个答案，也许，答案并不存在。

蓝亦清和米兰手牵着手，远望天际，某种温暖的力量将他们紧紧相连，在这一瞬间，他们感到了永恒。而对于安仔来说，这一瞬间的感受已经被注入一件美丽的事物，在他即将踏上的漫漫人生中，这段经历将永难忘怀。

天边有朵云。

猫的鬼魂

# 1

我还记得那个傍晚，天闷闷的，塑料蜻蜓像一群微型直升机低低地悬满屋檐，没有风，它们却微微浮动。

我回到家，父亲就在屋里，却没有开灯。夕阳从窗缝照进房间，他的脸颊在昏黄光线中显得难以形容地瘦，就像是变成了另外一个我不认识的人。他向我伸出手臂，袖管空荡荡的，似乎里面只有骨头，而没有肉。我下意识地想要躲开。

"千儿，过来，让爸爸看看你。"

我努力理解这句话里的含义。他每天都能看见我，不管我愿不愿意，似乎除了看看我，也没有别的什么好说好做。他总是搞错我的年级，有时会问我和别的小朋友处不处得来，我想他只是问问而已，因为每当我提起小青或者娜娜，他总会假装露出一副很感兴趣的"那是谁"的表情，尽管我已经在他面前把这两个名字重复了八百万遍。

"千儿，"他似乎欲言又止，"我要告诉你一件事。"

"你又要出差了？"我很配合地回答。

"不，不是那个，我不出差了，以后都不出差了。"

"那你不能给我带最新款的小精灵了？"小精灵是一款颜色鲜艳带着荧光翅膀的塑胶玩偶，爸爸以为天底下所有的女孩都喜欢，所以每次出差都会从大城市带来当季款式，在我床头已经排出一个啦啦队阵容。

"小精灵？噢，可以邮购，只要你喜欢。"他似乎想到了什么，眼睛一亮。"千儿，我要告诉你一件事，我被传生了。"

我无辜地看着他，表示对那个词的含义一无所知。

"意思是，有一只动物精灵选择住在我的身体里，借助我的力量，直到变成真正的动物。"

"哇噢，那听起来很酷，"我从没听过这样的事情，半信半疑地问，"可那究竟是什么动物？"

"呃……蛇？鹦鹉？应该不会是犀牛。老实说我不知道，精灵在成型之前可能是任何动物，这取决于我，你希望是什么？"

"波斯猫。"我一直想要一只白毛蓝眼的波斯猫，但每次都被妈妈毫不留情地拒绝。养你就够费劲的了，她总是这么说。

"那就该是一只猫精，你也要和我一起加油哦。"他眼睛里的光慢慢暗下去。

"哦。"我嘴上答应着，却丝毫没放在心上。

# 2

爸爸以前不是这样的。

还记得上幼儿园那会儿，他每天早早地骑车到园子门口等我放学。小小的我坐在高大的 28 寸单车后座的儿童座椅上，就像是骑上恐龙一样兴奋。我最盼望的是雨天，爸爸会用宽大的散发着橡胶味的雨衣把我罩住，我只能看见身下旋转的轮胎，和快速向后退去的地面，然后猜车走到哪里。

——到中山路了吗？

——还没有。

——到红亭了吗？

——已经过去了。

——到家了吗？

——你猜。

一声尖利而欢快的刹车声。

爸爸每天晚上都在家里待着，看会儿电视，然后在沙发上酣然入睡。他那时候很胖，肚子像生气的河豚般鼓起，又随着呼噜声抖动着瘪下，周而复始。我喜欢把耳朵贴在上面，听从里面传来的隆隆雷声，有某种催眠的魔力。

那时爸妈经常吵架，像是在玩某种偷偷摸摸的游戏，一旦被我发现，便装作若无其事地把话题转移到我身上。其实我都知道，多半是为了钱的问题。

每次吵架之后，爸爸总会有好几天默不作声，像电视被关成了静音。

之后，他在家的时间越来越少，他开始出差，给妈妈和我买好多礼物。他们不太吵架了，不知道是因为礼物的缘故，还是根本连见一面都很难。他的大肚子不见了，穿上制服，帅气得像电视里出来的人，妈妈看他的眼神也变了，像从老虎变成了兔子。

对我来说，爸爸变成了一个出现得过分频繁的圣诞老人，带来班上所有人都没见过的新鲜玩意儿。她们都喜欢围着我，问这问那，我也总是乐意和她们分享，把玩具借给她们玩，比起这些死气沉沉的东西，我更喜欢小动物，活蹦乱跳的那种。我读了图书馆里所有能找到动物图鉴，我对那些背景知识没有兴趣，只是想看着它们的图片，想象它们还没灭绝时候的神态。

于是，下一次出差爸爸会给我带来关节更加灵活，发声更加逼真的仿真动物。它们都被我塞进床底下的箱子里。

　　我们的话越来越少，像所有的三年级生一样，父母似乎变成了一段机械的自动应答程序。


　　——吃了吗？

　　——吃了。

　　——今天学校怎么样？

　　——还行。

　　——期中考复习得怎么样了？

　　——还行吧。

　　——好好考，回头带你去保留地旅游，看真正的动物。

　　——哦。


　　像青蛙从井底慢慢爬出地面，有太多新鲜的东西争夺着我们的眼球，父母在这个庞大世界里从中心无法挽回地向边缘滑落，色泽消退，音量淡出。

　　爸爸也不能例外，我总是拿不准他出现的时间，他就像黑夜里的蝙蝠，只有从路灯下飞过时，才会闪现身影。

我甚至没有注意到他身上的衣物越来越宽大。

我猜妈妈注意到了，她总在餐桌上不停地催促爸爸多吃点。

终于有一天晚上，爸爸吐了。

# 3

每周一到周四，爸爸都会去"传生中心"接受辅导。这意味着我只需要在周末的晚上忍受他的呕吐声。我开始相信那是一只波斯猫，因为听起来就像是有爪子在不停抓挠着他的内脏，迫不及待地要钻出喉咙。

我追问妈妈"传生中心"是什么样子的，给爸爸做什么样的辅导。妈妈只是充满倦意地看了我一眼，并没有回答。

爸爸虚弱地咧开苍白的嘴唇，上面满是干裂的血口子，他笑着说，等波斯猫成型了，你就可以去传生中心了。妈妈瞪了他一眼，爸爸不说话了。

似乎妈妈又从兔子变成了老虎，可爸爸却瘦得只剩下一把骨头了。他们还是会吵，但多半是妈妈的声音，而爸爸的回应只有没完没了的咳嗽。

睡觉前，我听见爸爸的咳嗽慢慢飘近，在房门外猛烈爆发了片刻，恢复平静。爸爸走了进来，坐在我的床沿，他说好久没给我讲故事了。我装出很感兴趣的样子，心里暗暗祈祷他不会重复书本上那些老得掉牙的传说。

"我要告诉你，'传生'是怎么一回事。"他说。

我瞪大了眼睛。

当爸爸还是小孩子的时候，这世上还有许多活着的动物，它们没有被关在特制的密闭笼子里，可以自由自在地嬉戏、游走。除了改造过的昂贵宠物，人类还可以接触到未经驯化的野兽，不用担心遭受未知病毒的侵袭。然而时间改变了一切，人类砍掉了森林，在肥沃的土地上挖巨大的洞穴，建起钢铁城市和管道，排放污水和毒气，生灵无处逃生，在大地上留下成千上万的尸体，慢慢风干腐化。

"它们的灵魂四处飘荡，寻找传生的身体。"爸爸刻意轻描淡写的语气却让我更加毛骨悚然。

"可为什么是你？"

"我出差的地方，在防护罩的边缘，那些灵魂有时会飘进来。"

课本上一直教的是，为了隔离严重的污染，政府在城市外层包裹上一层防护罩，可从来没有提起过灵魂的事情。

"那么，你会变成什么样呢？"

爸爸猛烈地咳嗽起来，青筋从额头暴起，眼睛凸出，脖子通红，我仿佛能从他嗓子眼里看见绿幽幽的猫眼。

"又在满嘴胡话？该吃药了！"妈妈不知道什么时候出现在门口，她似乎有点生气。"千千，你该睡觉了，明天还上课呢。"

爸爸咳得泪水都流了出来，他摆摆手，妈妈搀扶着他离开房间。

"别关灯！"我央求妈妈。

灯灭了，一片漆黑。我闭上眼睛，到处都漂浮着五颜六色的光点，像是一整个动物园的灵魂。

# 4

妈妈总觉得我长得没她好看，而不那么好看的部分显然来自爸爸。于是她制定了严格的计划，希望能够弥补这无法改变的缺陷。

她帮我报了各种补习班，包括形体、音乐以及我最讨厌的历史，她希望把我培养成一个优雅、得体、有涵养的女孩。一切都是为了嫁个好人家，用她的话说，再不济也能找个好工作。

只要不像我这样。她最后总是低声自言自语。

历史老师是个胖女人，头发像是一团晒干的海藻胡乱堆在头顶。她会用海豚般的尖嗓子背诵出所有的年代大事记，然后我就会昏昏欲睡。或许是因为我太讨厌这门课的缘故，我总觉得每个礼拜她说过的话总是和上个礼拜不太一样，比如上周她说长城是用来抵御外敌的，可这周她又说长城是奴役百姓的标志，但是课本上确实是那么写着的。我不知道是哪里出了错。

我会在课本的边边角角画上各种动物，让它们匍匐在某位诗人的脚边，或者一口咬掉妃子的漂亮脑袋。这些涂鸦在每周一会随着版本自动更新化为乌有。

但我仍然得小心地避开妈妈，我忘不了有一次她发现我的业余创作时的反应。

她一语不发地看着我，脸像石头一样冰冷。

"你一点也不像我，"她说，"我小时候最讨厌的就是毛茸茸的东西。你不是我的孩子。"

尽管这句话她说过不止一次，可每次听见仍然像一盆冰水浇在我身上，我颤抖着用电子橡皮把那些涂鸦擦掉，动物的轮廓、皮毛和躯体慢慢地消失在空白处。

"现在，你有那么一丁点像我了。"妈妈摸摸我的脑袋，嘴角露出一丝微笑。

# 5

我把爸爸的事情告诉了小青和娜娜，小青露出了羡慕的神情。

"哇，听起来好棒，一只真正的波斯猫，如果买的话要花很多钱吧。"

"我妈不会让我养的。"

"你可以把它寄放在我家，我妈不介意。"

"那我可以每天去看它吗？"

"嗯……你可以每周三和周五去看它，我不用补课。"

娜娜怯怯地说："你确定那是猫精吗？"

"什么意思？"我问。

"我爷爷曾经给我讲过一个鬼故事，跟你说的有点像，只不过……"

"嗯？"

"他管那叫猫鬼……"

我永远忘不了娜娜的故事，为此我足足有半个学期不和她说话。

在一千多年前有一个叫"隋"的朝代，当时有一种法术，术士能够利用猫死后变成的猫鬼去杀死指定的人，夺取他的财产。因此，术士时常会故意杀死猫以增加猫鬼的数量，当时有成千上万的猫出于这种邪恶的目的被杀死。

隋王室亲戚中有一位叫独孤陀的人，他操纵猫鬼诅咒自己的亲姐姐独孤皇后，事情败露后，隋朝朝廷便严格取缔猫鬼，并将信奉"猫鬼"这类邪魔妖法的人家流放到边陲地区。在这之后很长一段时间里，似乎这种魔法已经彻底从世上消失了，但事实并非如此。

娜娜的爷爷年轻时曾经历过一个疯狂的时代，在那些年里，"猫鬼"之术再次死灰复燃，这种风潮是如此盛行，以至于所有的人家都不得不在家里养猫，以示对他人的威慑。据说人一旦被"猫鬼"缠上，身体和心脏都会像针刺般疼痛，这时，"猫鬼"正在吞噬人的内脏，那个人不久之后就会吐血而死。

"骗人！"我记得我哭着对娜娜叫道，"你跟你爷爷一样，是个大骗子！"

# 6

我记得爸妈曾经为了"猫鬼"或诸如此类的事情在深夜争吵过,他们肯定以为我睡着了,也许他们觉得我根本听不懂。我当时正在被窝里画动物,便顺手给兔子和老虎加上了一串对话泡泡。

老虎说:"你看见没,他们又在私下散布那些猫鬼之类的瞎话。"

兔子:"嘘!你希望他们说什么呢?"

"真相。"

"谁又知道真相是什么样的呢?所有的书都是被挑选过的,每天只能看到定时更新的报纸新闻,如果没有这些鬼话,恐怕没人记得住。"

"这难道不是他们想要的?用神话、鬼话和童话慢慢地让人们忘记过去,忘记他们犯下的罪过,不管是'猫鬼',还是防护罩,然后把责任统统推卸给猫猫狗狗的鬼魂。"

"可你不得不承认,这能让人少点怨气,踏实过好眼前的日子。"

"我可不愿意孩子像我们一样被愚弄一辈子。我要她学好历史。"

"可历史也是被挑选过的呀。"

"……"

"好啦，他们假装布道，我们假装相信，只要心里明白就好了。"

"你啊，就是太会揣着明白装糊涂，才混成这副德性。"

"这不正是你看上我的原因吗。"

"……"

我从画簿里翻出那一页，看着老虎和兔子之间密密麻麻的对话泡泡，似乎看懂了点什么，又似乎什么都没懂。

# 7

我简直不敢相信那是我的爸爸。

他的头发不见了，整张脸一下子显得更小，更皱巴了，他的喉咙里发出咕噜咕噜的声响，像某种海里的鱼，可他应该是一只波斯猫啊。

"爸爸！"我的眼泪流了出来，"你会死吗？"

爸爸过了好半天才睁开眼睛，似乎在回忆梦境，他看见我，艰难地笑了，笑得比哭还难看。

"千儿，还记得猫精吗？爸爸不会死，爸爸会变成猫活下来。"

我告诉他关于猫鬼的故事。

他又笑了，然后变成猛烈的咳嗽，他脖子一歪，向床侧的罐子吐出一些黏稠的液体，带着暗红色。

"千儿，"他声音沙哑，"古代的皇帝认为，如果他的真实名字被老百姓使用，便会削弱他的力量，甚至缩短他的寿命，因此他下令所有的百姓，每当要用到他名字里的字时，必须用同音字来代替，否则就会被处死。久而久之，老百姓们形成了一种迷信的观点，不光使用皇帝名字里的字会招致厄运，甚至连谈论朝廷里的事情都是危险的，他们发明了许多方法，用一件事来代替另一件事，动物便是其中一种。这会让日子好过些。"

似乎说了太多话，爸爸又咳嗽起来，有那么瞬间，我害怕这咳嗽永远不会停止。

他吐出更多暗红色的液体，说："娜娜的爷爷，就是用猫来代替当时的皇帝，他吃过很多苦头，也许他只是不想让娜娜再受同样的苦。"

我将信将疑："可我不记得课本里有叫'猫'的皇帝啊。"

"他的名字就像猫的鬼魂一样，具有能置人于死地的魔力。那个时代的人，会用他的画像，还有印着他说过的话的书，作为攻击别人，保护自己的武器。现在，他的名字，还有'猫鬼'已经不允许被提起，可他的灵魂还在到处飘荡，等待着传生的时机。"

不知为何，我打了个寒噤，手臂上的汗毛齐刷刷地立起来。

"这听起来比猫鬼还可怕……"

"我想你说得对，千儿，人发起疯来比动物野蛮多了。"

"也就是说……你不会死咯？可你为什么没有头发了？"

"我猜那是因为猫太喜欢掉毛了。"

"就像是某种超能力吗？"

"对，就像是某种超能力。"

"可为什么选中你呢？我也想要超能力，你还答应过带我去传生中心呢。"

爸爸的眼皮又开始合拢了，像是一只困极了的猫，我摇了摇他，轻轻地"喵"了一声，可他再也没有搭理我。

# 8

妈妈让我不要再打扰爸爸，他需要休息，她这么告诉我。

"可爸爸什么时候才能变成波斯猫呢？"

妈妈脸色一沉，就像发现我画画时的表情，我打了个哆嗦。

"千千，你想要爸爸，还是想要波斯猫？"

我怯怯地回答："……都想要。"

她深吸了一口气。"如果只能选一个呢？"

我呆呆地看着她，想起爸爸说过的话。

**爸爸不会死，爸爸会变成猫活下来。**

"我要……波斯猫。"

啪。一记重重的巴掌落在我的脸上。

"你不是我的孩子！你也不是你爸的孩子！你是从垃圾堆里捡来的野种！"她的声音颤抖着。

我号啕大哭，把身体里的所有力气都使了出来，泪水淹没我的脸庞。

"是你让爸爸去出差的！是你让他被猫精传生的！都是你！"

妈妈愣住了，眼圈一红，她突然紧紧地抱住我，喃喃地说："我不知道，我真的不知道……"

她的泪水打湿了我的头发。这在我的记忆里还是第一次。

# 9

爸爸摘下我的眼罩。"哒哒。我们到了。"

我的眼睛努力适应从黑暗到光亮的转换，这是一间宽敞明亮的白色房间，爸爸说，只有被传生的人才能进来这里，为了把我偷偷带进来，需要把我的双眼蒙住。

这实在是太酷了。尽管我早就远远地偷窥过那座大楼，一个大大的字母"C"，后面的几个字母被涂鸦毁得不成样子，然后又接着一个大大的"C"。"C中心"，人们一般这么叫它。是爸爸让我知道第一个"C"代表了什么。

爸爸的精神不错，他带着我一个个地拜访那些被传生的人们。

丁先生的肚子上有一条硕大的蜈蚣，张牙舞爪地从左边爬到右边，他很大方地让我用手指去摸蜈蚣的肉爪子，我小心翼翼地碰了一下，它动了，我吓得马上把手缩了回来。他和爸爸哈哈大笑起来。

刘伯伯的手臂下方垂着一层松松垮垮的皮肤，他把它扯开向着光，可以看到里面半透明的叶脉一样的毛细血管，他挥舞着树枝一样的双臂，耷拉的皮肤扇动着，他悄悄地告诉我，其实他是蝙蝠侠，只是忘了戴面具而已。

张叔叔看上去就像是毛色不正的斑点狗，他友善地伸出爪子来和我握手，又吐出粉红色发亮的舌头。

孙爷爷的身上插满了透明的管子，就连鼻子里也有，爸爸说他是被章鱼传生了，那些就是他的触手，我觉得其实更像某种长腿蜘蛛。

一个穿白衣服的姐姐端着盘子走进来，给每个人递上一杯黑褐色的饮料和一小杯药丸。

"那是可乐吗？"我问爸爸，"我也想喝。"

"那可不是可乐，是帮助身体里的动物精灵生长的营养汤，只有被传生的人才能喝哦。"

他们皱着眉头把药丸和饮料都吞下去，此起彼伏地打着嗝，房间里立刻充满难闻的怪味。我捏着鼻子怪笑起来。

我大声说："以后我也要像你们一样，成为一个被传生的人！"

他们的光头转向彼此，像是没有听懂我的话，都看着爸爸。爸爸挠了挠并没有头发的脑袋，举起手里的空杯子。

"为了波斯猫！"

“为了波斯猫！”

所有的人都举起了空杯子。

# 10

有一天晚上睡觉前，妈妈来到床边，帮我盖好被子。

然后，她坐着，一直盯着我看，像是想从我脸上发现什么新鲜玩意儿。

"妈，你在看什么？"

"没什么，"妈妈微微一笑，"妈在想，也许长得像你爸也不是什么坏事，至少，想看他的时候，看看你也就够了。"

"你是说……"

"你爸是个单纯的人，他希望所有的人都高兴，过自己想过的日子，我却总想让别人过我想过的日子。"

"妈……"

"我以前总觉得，你是从我肚子里出来的，你就是我的第二辈子，所有这一辈子没能实现的梦想，我都想从你身上实现。"

她沉默了，光线勾勒出柔和的轮廓，眼窝的阴影里有亮光闪烁。

"传生，他是这么说的吗，你是被我传生的，现在，我只希望你健康快乐。"

她抚摸着我的脸庞，俯下在我额头轻轻一吻，起身离开房间。

她给我留了一盏橘黄色的灯。

# 12

我从睡梦中醒来，发现身上沉甸甸的。

一只白毛蓝眼的波斯猫正窝在我的床上，看着我，一点儿也没有惊慌。

"爸，是你吗？"我轻声问道。

它张开嘴巴，打了一个大大的呵欠。

我给它喂食，帮它洗澡，梳理身上的毛。那些细长柔软的白毛掉得满屋都是，像爸爸一样；它喜欢啃各种叶子，然后身子一耸一耸地，吐出大团大团黏糊糊的毛球，像爸爸一样；每天回家，我会跟它讲学校里发生的新鲜事，小青和娜娜又穿了什么样的衣服，戴着什么亮闪闪的小玩意儿，它总是打着呵欠，毫无兴趣地转过头去，用爪子来回拍打地上的精灵玩偶和仿真动物，像爸爸一样。

我给它画画，素描的、彩色的、睡着的、跳着的、在纸上、在课本上，它张牙舞爪地扑咬着伟大人物的身体，有时候，那些皇帝、领袖、科学家或者诗人的画像会平白无故地消失，只剩下我的猫在历史书的字里行间上蹿下跳。我开始觉得这门课也没那么讨厌了。

我一直不知道应该给它起个什么样的名字。

我敢保证如果用爸爸的名字叫它，妈妈肯定会不高兴。可我实在不想叫它"咪咪""小白"或者"伊莎贝拉"之类小清新的名字。

最后我决定，就叫它"猫"。

就像爸爸教我的，用一件事来代替另一件事，这会让日子好过些。

有时候妈妈会来哄我睡觉。我们躺在床上，猫就窝在我们中间，我们抚摸着猫温暖柔软的背脊，说些有的没的，猫有时会抬起头，轻轻地"喵"一声，像是在发表评论。然后我们会不说话，静静地看着橘黄色灯光中，墙壁上神态各异的猫的画像。

我知道妈妈在想什么，她在想爸爸，和我一样。

我真的很想他。

妈妈会蹑手蹑脚地下床，走到门边。

"妈，关灯吧。"我会叫住她。

灯灭了，黑暗中有两点绿色的光慢慢浮现，像两颗漂亮的祖母绿，闪烁着，看着我。我知道，那是爸爸想看看我。我闭上眼，那光点还在那里，我知道，它会一直在那里，陪伴我进入梦乡……

吉米

# 工地

"二虎，吃饭了——"

工棚里传出了娘亲的声音，二虎恋恋不舍地告别了他的伙伴们，一步三回头。他们用石灰粉在红土地上画出方格，填上数字，然后用一条腿跳着，把瓦片或石子踢进格子里，这个游戏叫"跳房子"，不知道从哪里传开的，据说现在已经很少有人会玩它了。

招呼孩子们吃饭的声音接连响起，孩子们垂头丧气地离开他们的游戏，钻进各自用帆布、铝制波纹板和木头搭成的棚屋里，里面是一个长长的大通铺，各种花色的被子、褥子和塑料布胡乱堆放着。他们在这里吃饭、睡觉、聊天、做爱、玩游戏，生育或者死去。

这便是他们习以为常的生活方式。

今天的饭菜很不错，有煮白菜、炒土豆丝和三寸长的小鱼，用酱油渍了，熏得有点干。二虎胡乱扒拉了一碗粥，把碗筷一撂，啪啪啪又跑了出来，小布鞋拍起一阵土灰，背后传来爹娘的叫骂。

在爹娘看来，二虎是个有点缺陷的孩子，刚出生时，脐带绕住了脖子，足足拍了半小时才哭出声来，长大以后，说话反应都比别人慢半拍。

这就是命，老人们常这么说。这个工地上的人，命都差不多。他们说，你们的基因不好，只能一辈子干这个，基因是什么，没人知道，老人们说，基因就是命。

二 虎爬上了一座还没安装的塔吊，每天日落的时候，他喜欢坐在上面，看着太阳一点点地沉下去，光线穿过那些巨大的脚手架、打桩机和塔吊，打在红土地上，发出火 一样的红光。那些白天呼哧呼哧转动的机器，此时像是疲惫的老牛，静静地打着盹、嚼着草，在夕照中凝缩成一个黑色的剪影。

多有意思呀，可这有意思的画面他已经看了无数遍了，从春看到秋，从南看到北。

他忍不住把脑袋一扭，去看那座白色的房子，房子里有一个穿着白衣服的男孩。

他总是一个人。

这也是他的命吗。二虎不止一次地想。

# 白房子

洋洋的双手停在了半空，透过白色的大落地窗，他看见了红色的日落。

还有那个呆呆坐在黑色塔吊上的小孩，也是黑糊糊的。

玻璃倒映出屋内的影子，白色的衣服，白色的墙，白色的天花板，这是一座纯白色的屋子，从外面看起来，肯定像一块白奶油蛋糕吧，洋洋猜道。

在白色栅栏的外边，是一片斜斜的山坡，山坡下有一条公路，路的对面是尘土飞扬的工地。无论白天或晚上，总是被笼罩在一片暗红的铁锈色中，许多蓝灰色的工人，像蚂蚁一样不停地进进出出，搬运着各种各样的东西，那座钢铁蚁冢就这么一天天高了起来。

已经跟画上的形状差不多了呢。

屋里暗到一定程度时，乳白色的灯亮了起来，均匀的，柔和的，温暖的白光像牛奶一样灌满了整个房间。洋洋有点饿，就拿起桌上的罐子喝起来，是水蜜桃，每次他都会去猜里面液体的味道，但是每次他都猜错，这次是哈密瓜味。他把罐子放回桌上的底座，它又自动充满了液体。

"吉米，你饿了吗？"洋洋说。

"那咱们接着玩球吧。"他接着说，面前是乳白色的空荡荡的房间。

洋洋举起了双手，聚精会神地看着眼前的空气，突然他左手一扬，做了个扣球的动作，然后又定住了，过了好一会儿，他又伸出右手，往下一接，又往上一抛。

窗外传来了汽车的引擎声。

"停。是爸爸。咱们今天就到这儿吧，"洋洋做了个无可奈何的动作。"……我也不愿意呀，咱们明天再接着玩吧，嘘，他进来了。"

门开了，一个中年男子进来了，他穿着普通，条纹西装，素色领带，不平常的是，在他的身体外面套着一件雨衣般的透明塑料衣，把整个人包了个严严实实。他走到洋洋面前，蹲下，伸手摸了摸他的脑袋，手隔着塑料，发出窸窸窣窣的摩擦声。

"洋洋，今天乖不乖呀，有没有看书呢。"爸爸问。

洋洋眼睛睁得大大的，乖巧地点了点头。

"好，爸爸洗个澡，然后来检查你的作业哟。"爸爸低下头，隔着塑料在洋洋的额头上亲了一下，起身，轻轻地叹了口气，走出了房间。

　　客厅传来了打开电视的声音，洋洋朝窗外望去，天已经完全黑了，工地上只剩下星星点点的昏黄灯光，看不见塔吊，更看不见小孩。

# 游戏

二虎从懂事时起，就随着爹娘不停地从这个城市流到那个城市，或者从城市的这个角落流到那个角落。流这个字眼，其实并没有人教他，只不过有一次，他站在高高的 塔吊上，看见一大群像他爹娘一样的工人，随着放工的哨响，从地基的大坑里漫出来，又黑压压地涌进各个工棚时的场面，就像是一盆因为忘记关掉龙头而溢了一地 的水，只不过，这水是脏的。

他从来没有住过一间固定的，有四面墙的屋子。大牛、狗蛋和花妞也是。他曾经以为所有的人都是这样子的，只不过有的人是在铁皮汽车里，有的人骑自行车，还有一些人据说能在天上飞。但无论如何，他们都是一样的，流过来，流过去。

直到他看见白房子里的男孩。

大牛走了，他随爹娘流到城市的南边去了，那边有一个更大的坑，有一栋更高更大的楼，等着他们去挖土、填坑、砌砖头。他走了，连一声再见都来不及说。

那些需要分成两拨儿的游戏也玩不了，三个人能玩啥呢，捉迷藏，123木头人，挖沙坝……可以玩的还是很多的，但总觉得少了点什么。是三个人笑起来总不够四个人大声吗？

过了几天，狗蛋也走了。

他离开了这座城市，据说东边有更省力的工作，能赚到更多的钱，他爹娘经过了一番合计，决定还是到那个像巨大马蜂窝一样的城市去。

只剩下了二虎和花妞了，花妞不喜欢玩脏脏的泥巴，也不愿意跑来跑去，让花裙子沾上红土，更多的时候，他们只能猜拳，然后跳房子。二虎其实不太愿意玩这些女里女气的游戏，他喜欢那些带劲儿的，能跑出一身臭汗，累得满脸红通通的游戏，可是没人陪他玩。

不过，他一想起白房子里的男孩，心里就好受多了。

一个人待着，那该多闷呐。二虎打心里可怜那个男孩，如果没有大牛、狗蛋、花妞这些家伙，没有人陪他跳房子、捉蚂蚱、挖沙子、看星星……他不知道自己该怎么打发这一天又一天。

尽管现在他只剩下花妞了，尽管那座房子有四面墙。

# 一个人

"吉米，你又耍赖了，你再这样我就不跟你玩了。"

洋洋气嘟嘟地躺在地上，手脚敞开成一个大字。客厅的电视打开了，频道一个个快速地跳跃着，电视又关上了，电脑打开了，窗口快速切换，闪烁着五颜六色的光，又熄灭了。

"没劲。吉米，咱来玩猜谜语吧。"

"怎么，你不想玩，那咱下棋吧。"

"好吧，那你想玩什么？"

洋洋眼睛望着天花板，一片均匀的、毫无瑕疵的乳白色。他转过脑袋，透过落地窗，他又看到那个工地上的小孩，只有他一个人。

"那个小女孩怎么不见了，吉米，你觉得呢？"

他走到窗边，出神地望着那个在红土地上奔跑的男孩，他穿着脏得看不出原来颜色的衣服，身后拖着一条尘土的痕迹。他一会儿跑到东，一会儿跑到西，似乎没有什么目的。

洋洋好奇地研究着，他终于看明白了，那个男孩把脚里的鞋踢飞，然后跑到鞋掉落的地方，再反方向把另一只鞋踢飞，然后再跑，就这么跑了十几个来回，大概是累了，男孩蹲在地上，挖起坑来，挖得十分起劲，很快就挖了一个脸盆大小的坑，然后他褪下裤子，朝里面撒起尿来。

"吉米，他这是在干吗呀？"洋洋的脸贴在玻璃上，呼出的水汽在窗上凝成小小的一团白色，他用手指抹开两个圆，眼睛凑上去活像是个望远镜。

男孩又开始玩起虫子来，他猫在草丛里，一蹦一跳，倒比蚂蚱更像蚂蚱，跳累了，就在杂草里面打起滚来，从这头滚到那头，又滚回到这头。

"你也不明白，"洋洋眼睛里竟有了羡慕的眼光，"我倒想跟他那样玩一玩呢，可我从来没出过这房子。"

洋洋的脸倒映在玻璃里，像是照着镜子，他突然疑惑地转过头，看着那澄净无尘的空房间，过了一会儿，他露出了兴奋的笑脸。

"太棒了，这真是个好主意，吉米，你真是个天才。"

# 对话

"需要开启音频模式吗？"

"不需要，就这么说吧。"男人的眼镜反射着屏幕的白光，频闪的波纹像浪花一样上下涌动着。男人的脸上没有一点表情，就那么直直地看着对话框。

"你看上去脸色很不好，需要调出诊断程序吗？"

"不需要，我很好。"

"你是在担心洋洋吗？"

"他情况很稳定，造血干细胞移植的效果很明显，血小板已经上来了，再过些日子可以试种疫苗。"

"那你还担心什么？"

"监测程序报告说，洋洋经常会自言自语，还会做一些古怪的动作，似乎……他有一个想象出来的伙伴。"

"三分之二的小孩都会有这样一个伙伴的，只不过是另一种形式的玩具，这有助于他们克服孤独感，再长大一些就好了。难道你没有过？"

"你意思是说，这是遗传？"

"我的意思是，这很正常。"

男人停下了，电视没有关，但也没有声音，通宵频道上播着黑白电影，类似《12怒汉》或者《消失的周末》那种老片子，桌上胡乱堆放着空啤酒瓶，烟头撒了一地。

"那座楼快盖起来了，按照洋洋的画设计的大楼，他会看见的。"

"到时候你和洋洋会搬进去？"

"在最顶层的大房间，有一整面的玻璃幕墙，在那里，洋洋可以看见整座城市的面孔，看着太阳从地平线升起，落下，看着繁星满天，那么近，那么亮，地上的万家灯火却像是不实在的倒影。是的，我们都会搬进去的，包括你。"

"在此之前，你们会一直住在这里？"

"一直。洋洋不能离开这里，连手术也要在这里做，他从来没出去过，外面的世界会要了他的命。"

"你就这么肯定？"

"我是他爸爸，他是我儿子。"

"你就这么肯定？"

"……我累了，明天还要提交一份设计方案。"

"晚安。"

"再见。"

# 两个人

二虎发现，那束光，在不停地跟着他。

白房子的天窗缓慢却精确地变换着角度，日光就正好折射到二虎的身上，明晃晃的，照得他睁不开眼。他站起身，看见白房子的天窗轻轻摇摆着，像在对自己眨眼。他穿过工地，横过马路，爬上了小山坡。

二虎站在白房子的栅栏外，这座房子比他想象中的还要大，还要漂亮，他伸出手，却又不敢摸，怕弄脏了这光洁无瑕的颜色。

栅栏无声地打开了，一条碎石小径蜿蜒着出现在他眼前。他迟疑了一下，走了进去。前门紧锁着，门上的小盒子亮了，传出一个小孩子的声音。

"到后面来。"

二虎好奇地拍了拍小盒子，却又没有声音了。他绕着白色的墙壁走了半圈，看见了巨大落地窗那边，穿着白色衣服的小男孩。他贴在玻璃上，看着这个只从远处见过的男孩，又看看他背后乳白色的房间，一切都是那么新奇。

白衣男孩张了张嘴巴，似乎说了句什么，可是一点声音也没有。他扭头又说了句什么，这下二虎听见了。

"谢谢吉米，这样好多了。"

他转过来，对二虎笑了笑，说："你好，我叫洋洋。"

二虎犹豫了一下，说："……我叫二虎……"

那个男孩马上笑得直不起腰来，苍白的脸上泛出点红润来。

"这个名字真好玩。"

"……"二虎不知该作何回答，只是呆呆地看着那间洁白宽敞有着四面墙的房子。

"咱们来玩吧。"

二虎呆呆地擦了擦鼻子，"玩什么呀。"

洋洋两只小手在胸前环成球形，说："看，这有一个球，我把它抛给你，你再把它打回来。"

二虎睁大眼睛，可是什么也看不见，他摇了摇头。

"真笨，就是这个呀，"洋洋双手举过头顶，"看，橙色的球，现在我扔给你。"

他的手一扬，就好像两人之间的玻璃墙不存在一般。

二虎迟缓地举起手，像怀里揣着只小兔子。

"看，这不就接住了吗？"

二虎咧开嘴嘿嘿笑了，又把那团空气丢了回去。

# HAL9000

"这是怎么回事?"男人看到了监控录像中,两个小男孩隔着落地窗玩耍的情景,额头的青筋突突跳动着。"他是谁?他是怎么进来的?"

"一个工地上的小孩,洋洋想跟他玩。"

"你疯了吗?你知道这有多危险吗?"男人紧张地检查着各项数据,没有发现异常情况,才轻出了一口气。"他们的基因有缺陷,万一情绪失控怎么办?"

"你的基因也有缺陷。"

男人没有作声,有点不对劲,这样的事情以前从未发生过。最初安装这套智能管理系统,只是为了照料洋洋的日常生活,将这座房子的温湿度、光照、电器和家居模块的监控整合在同一个平台之下,通过事先设置的程序进行管理,由于采用了模拟人类镜像神经元的算法,系统具有一定的自我学习更新能力。

但这种对话方式已经超出了学习的范畴。

"洋洋很孤单。"系统仿佛在自说自话。

男人早已后悔了，他不该听取那些专家的话，为了让系统显得更人性化，他将因难产而死的妻子资料输入了系统，尽管他从未开口称它为"亲爱的"，但是每当他听到那些熟悉的声音，那些再熟悉不过的遣词造句，已经无法不把它当作一个化身。发展到后来，他甚至不敢开启语言模式，他宁可通过文字的形式来进行交流。

真是一个荒谬的时代。

"以后别这么做了。"男人突然觉得有种无力感。

"洋洋很孤单。"系统重复了一次。

"你不过是一个程序！"男人怒了，"别把自己装得像个妈妈！"

"是的，主人。"

"别叫我主人，HAL9000！"

系统沉默了，男人不知道它是否人性化到能够感受羞辱的地步，毕竟《2001太空漫游》中的HAL9000可不是什么善类。

洋洋患有严重的先天性 T 和 B 细胞联合缺陷性疾病，免疫球蛋白水平极度低下，任何形式的细菌、病毒或者微生物都可能引发严重的并发症，危及生命。他从小生活在为他特别设计的无菌环境中，靠注射免疫球蛋白提升抵抗力，在他身体状况允许的情况下，寻找 HLA 匹配的志愿者，进行造血干细胞移植是唯一根治的方法。

男人坚信自己是正确的。孤单只是暂时的代价，他会用尽所有的努力来保护自己的儿子，他要按照儿子的图画，建造一座最美妙的房子，让他享受梦想成真的幸福。

一切美好都指日可待。

# 蝴蝶

"吉米，为什么不让二虎进来？"

"可是……可是我想跟他玩……"

洋洋独自站在窗前，看着二虎可怜巴巴地站在栅栏前面，推也不是，不推也不是。二虎突然转身跑了，洋洋伸出手，却只碰到坚硬的玻璃。

洋洋长长地叹了一口气，躺在地上，客厅的电视打开了，频道一个个快速地跳跃着，电视又关上了，电脑打开了，窗口快速切换，闪烁着五颜六色的光，又熄灭了。

"没意思，我不想玩球……"

"不，不嘛。"

"我只想跟二虎玩……"

他的瞳仁中，有一团黄蓝色的光斑在黑色的背景中跃动，渐渐融合成一个黄头发蓝眼珠的小男孩。

"吉米，我说了我不想玩。"

那个男孩张开嘴说了句什么。

"什么？"洋洋一个打挺坐了起来。"二虎回来了？"

果然，二虎手里攥着一个脏脏的透明塑料袋，欢欣雀跃地站在门外，叫着洋洋的名字，那袋子里隐隐约约可以看见一个不停扑打的影子。

那是一只五彩斑斓的蝴蝶。

"吉米，快开门吧，我想看看那只蝴蝶，你想把我闷死吗？就看一眼，就一眼，好吉米……"

栅栏悄无声息地开了。二虎撒了欢似的跑到洋洋的窗前，贴着玻璃举起那个皱皱的、有点脏的透明塑料袋，一只黑底带虹彩水珠纹的蝴蝶正在这小小的牢笼里尽力挣扎着，扑打着那脆弱的双翼。

洋洋瞪大了双眼，他从来没有亲眼看见过这样的生灵。他使劲把脸贴在玻璃上，好像想去嗅一嗅这小玩意儿是什么味道。

"吉米，你能把它放进来吗？"洋洋愣愣地盯住那只蝴蝶，双手紧紧地趴在窗上。"真的不能吗？你可以帮它消毒呀，我不碰它，我保证，我只是想看它飞的样子。"

洋洋丧气地垂下头，泪珠嘀嗒掉在地上，二虎看见他这样，眼睛上下张望着，就想在这房子上找个窟窿，把蝴蝶放进去。他看见了屋顶装饰用的假烟囱，开始顺着墙角往上爬。

"二虎！别爬，快下来，你会摔坏的……吉米，你赶紧帮帮他吧。"洋洋看不见墙壁夹角的情形，急得直跺脚。

工地上长大的二虎身手果然矫健，他把塑料袋往嘴里一咬，双手双脚并用，两三下就蹭着墙壁夹角上了小平台，可是这里也没有开放的入口。

"吉米！"

二虎面前的一道小铁闸打开了，露出一个巴掌大小的方口，那是诸多排气口之一。他小心翼翼地解开塑料袋，用手捏住开口，对准排气口，松开手，他看着那只小昆虫扑棱着翅膀飞进了幽深的通道，赶紧把铁闸门关上。

二虎得意地笑了，露出两个尖尖的小虎牙。

蝴蝶在黑暗中飞行着，它感受到空气的流动和温度的变化，它朝着出口的方向飞去，但似乎这个出口一直在不停地变换着方位，通风管道扭曲着，分离又衔接上，似乎某种力量正在操纵着它前进的轨迹。它的复眼终于感受到一丝光亮，触接收到一些陌生的化学信号。还没来得及反应，它便跌入了一个巨大而洁白的空间。

白色的烟汽喷洒在它的身上，它仿佛穿行于浓雾之中，感觉无力，翅膀的每一次扇动都十分艰难而迟缓，它几乎要坠落，这时另一扇门在它面前打开了，在它通过的瞬间随即合上。

这是一条同样洁白而明亮的通道，空气明显干净了许多，但它越飞越低，翅膀沾上的化学物质散发着浓烈的气味，又一扇门打开了。

洋洋无比惊讶地看着那只孱弱的蝴蝶飘进房间，在空中划出一道落叶般的弧线，便停在地板上，只是偶尔扑打一下翅膀。他小心翼翼地捧起那只脆弱的生灵，放在眼前。一种奇异的感觉飞快地蔓延开来。

"吉米，它……真漂亮……"

话音未落，洋洋突然像一个断了线的木偶，瘫倒在地。

房间里闪烁起不祥的红色，紧急信号已经发出。

# 父亲

二虎看着两辆白色的车子一前一后地在房子前面停下了，一个男人跑了下来，脸上的表情十分可怕，三四个穿着白大褂戴着大口罩的人拎着几个箱子，跟着他急匆匆地跑进了屋子。

二虎很害怕，他猫在平台的角落里，生怕被发现。躲了一会儿，发现没动静，就顺着墙根儿溜了下来。他看见了洋洋房间里的情形，呆住了。

白大褂们围成一圈，洋洋直挺挺地躺在中间，身上接满了各式各样的电线和管子，一些小电视一样的盒子闪烁着各种颜色的条纹，一个白大褂举起一根巨大的针筒，针头朝上，喷出几滴液体，那个男人在一旁冷冷地看着，表情木然。

一连串的想法从二虎的脑子里呼噜噜地滚过，他拔腿就往外跑，他要去找人，找人来救洋洋，他不能让洋洋就这么被坏人杀死。他跑下了小山坡，跑过马路，跑得鞋子都掉了，气喘吁吁地来到工棚里，连话都说不清楚了。

"怎么了二虎，瞧你脸脏的，"娘亲端了碗水过来，"先把水喝了。"

二虎接过水，咕嘟咕嘟地灌下去，呛了几口，又口齿不清地说起话来。

"快……快！快去救人，杀……杀……杀人啦！"

听到这话，二虎他爹以及其他几个大小伙子都围了过来，可二虎只能翻来覆去地说着这句话，小小的手指向山坡上的白房子。

当扛着锄头铁锨的一帮人闯入白房子里时，白大褂们已经忙完了，在一旁收拾着工具，洋洋静静地躺着，瘦小的胸脯微微起伏，那个男人跪在他面前，眼中满含着复杂的情绪。他抬起头，透过落地窗，看见了二虎，以及全副武装的工人们，一股愤怒的表情像滚烫的岩浆般从他眼底爆发了。

他走了出来，白大褂们在后面紧张地跟着。

没有说话，没有停顿，他大步走到二虎面前，手一挥，便是一个响亮的巴掌。

几乎是同时，二虎他爹一个箭步上前，狠狠给了男人当胸一拳，男人趔趄着倒在地上，其他工人举起手中的铁家伙，怒目而视。白大褂们挡在男人前面，张开双臂作保护状。

"你差点害死他！"男人也不站起来，只是重复着这句话。

二虎这才回过神来，张开嘴，号啕大哭起来，像是受了天大的委屈。

"你们的娃儿是人，我们的娃儿就不是人？"二虎他爹揉着小孩的腮帮，吐出了这么一句。

双方僵持着，远远地传来警笛呼啸的声音，工人们先动摇了，他们陆续离开了白房子，二虎他爹牵着眼泪还没干的二虎，临走前还不忘往地上啐了一口。

白房子里只剩下白衣服的人。

# 朋友

事情比想象中的复杂，但结果比想象中的好。

洋洋康复得很快，甚至比原来还好，蝴蝶翅膀上的细微鳞片导致他的呼吸道闭合，一种类似哮喘的过敏综合征，但他的免疫力在恢复，细菌和病毒并没有造成并发症，干细胞移植起作用了。

夕照中，那座快要封顶的大厦在地面拉出长长的影子，像一条黑色的河把金黄色的大地分成两半。

男人扶着洋洋的肩膀，站在窗前，看着这美丽的一幕，现在他已经不用穿着隔离服了。

"爸爸，吉米什么时候回来。"

"很快的，吉米生病了，医生说要好好修……休息一下。"

当洋洋告诉爸爸关于吉米的事情时，他的第一反应便是系统搞的鬼。果然，它的镜像神经元模拟功能已经超越了原先设计时的初衷，它竟然能感知人类的情感模式，并衍生出一套自己的情感模式，毫无疑问，洋洋母亲的资料在其中扮演着重要的催化作用。

它，或者应该说她，制造出一个虚拟的玩伴，起名叫"吉米"，也许是从网络上随机抓取生成的音频视频片段，她居然能投射到洋洋的视网膜上，让他以为真的存在这么一个蓝眼黄发，能说会跳的小伙伴，甚至设置了许多小的互动程序，让吉米能够陪伴洋洋玩耍。

洋洋很孤单。

男人还一直记得系统说出的这句话，他心生愧疚。但，这并不成为吉米能存在下去的理由，有情感的电脑程序比没有情感的人类更加危险。

专家不同意将系统信息完全抹除重装，他们制作了一个拷贝，打算将余生投入到这个"缸中之脑"电子版的研究中。男人在最后关头改变了主意，他要求制作一份"安全版"的拷贝，他需要一个同样有趣，但行为不会失控的吉米，移植到他所设计的新大厦中，为他的儿子洋洋，也许，为这世界上每一个孤单的人。

"瞧！那是二虎！"洋洋突然惊喜地叫起来。

一个小小的身影，在巨大的钢筋混凝土结构下跑动着，他的影子也被拉得长长的，一团灰尘跟在他身后，他跑着，跳着，似乎在喊着什么。

"爸爸，我能跟二虎玩吗？"

"洋洋，二虎跟你不一样。"

"可是……二虎也喜欢玩球啊，我也喜欢蝴蝶啊。"

"等你长大一些就会明白了，宝贝。"

"那……二虎能和吉米玩吗？"

"只要吉米愿意。"

太阳渐渐沉了下去，那座即将落成的大厦，像沉默的巨人，站在火红色的光中，所有的塔吊都停止了旋转，所有的焊枪都停止了嘶鸣，又一个寂静的黄昏。只有那个小小的身影在奔跑，在喊叫，那声音似乎近了些，也清晰了些。

"吉米——把球扔给我——"

那是二虎兴奋的喊叫，回荡在赤红色的工地上，很快，这快乐的声音便被工人放工的浪潮所吞没，化成一阵嘈杂不堪的锅碗瓢盆交响曲。

— 亲爱的，我没电了 —

# 晚餐前

有那么一个宁静的黄昏，他打猎回来，听见黑暗中传来一个颤悠悠的声音：

"亲爱的，我快没电了……"

他嘟囔了一句，在炉火旁坐下，开始撕扯小动物灰绿的毛皮，可怜的啮齿类在他手中吱吱地抗议。

"……没电了……没电了……没电了……"

短句单调地在火光灼灼的洞壁上来回碰撞，余音袅袅。

淡蓝的焰舌跳着舞，焦黄的尸体开始噼啪作响，往下淌着油，空气中飘着略带青涩的甜香。

他抽出淌满金色油脂的小碟，均匀地淋在晚餐上，那瘦小的肉壳又滋滋地叫唤起来。

他的喉结往上一跳，狠狠地吞了一口口水。

"……电……了……没……电……了……没……"

那声音缩成一把跑调的小提琴，似有若无地游走在空气里。

他恼怒地把手一摔，晚餐骨碌碌地滚到草堆里，冒着白气。

黑暗中，她闪着微弱的红光，像撒了气的气球，软塌塌地贴在墙角。粉红的皮肤皱成一团，开始浮出许多黑色的斑点，像歇着一只只瓢虫。

她的头部蜷缩成拳头大小，五官全都挤在头顶，微微蠕动，像某种寄生在人体肠道的绦虫。树枝般粗细的脖子上发音孔一张一翕，飘出愈加微弱的声音。

他叹了一口气，他知道她是真的没电了，人造肌纤维已经萎缩到原初状态。

和上一次间隔的时间又缩短了。

他转身走出洞口，他知道，留给自己的时间已经不多了，在日出之前，他得找到电池。

或者，再一次失去。

# 垃圾森林

没有月亮的夜里，他像一只蝙蝠，靠着耳蜗中微妙的液体平衡，走过光滑的有机平原，穿越冰凉刺骨的河滩，攀过尖峭的琉璃山。

远远地，他的眼睛捕捉到些许的光，那是一片冰绿的磷光，从几株茂密的植物中幽幽地渗出来，轻轻摇曳着魅惑的波纹。

那是他的目的地。垃圾森林。

拨开几片锋利的叶子，眼前便猛地耸起一座泛着绿光的山丘，那是遥远的文明世界对这小小星球的无私贡献。等离子彩电、空调、双门无氟冰箱、复古的 7 系列 BMW 小车、剃须刀、宜家家具、残废的家用机器人、只剩下空壳的电脑、可装卸的一居室……诸如此类可以想象的消费主义残渣，被喷上了标志着不可降解的荧光涂料，以防止无良商人回收翻新牟利，然后就一股脑儿地倾泻到这小天地里。

老鼠、青蛙、爬虫以及一些植物从冰箱里爬出来，居然也就这么繁衍扎根了，上帝再次证明了自己的伟大。

至于他嘛……

他摇了摇头，当务之急是找到电池，尽管他在这堆垃圾里已经淘了四十七个白天黑夜，能用的也都用得差不多了。

他知道，遥控器里1.5V的碱性电池是不能用的，碳锌干电池也只能让闹钟叫唤，而那些废旧电器上的自带时钟，隐藏的纽扣锂电池则完全没有转换的接口。他小心翼翼地在那堆无比熟悉的钢铁塑料垃圾中攀爬跳跃，翻找各种电气用品，最后，他无比沮丧地发现，所有的努力都白费了。

没有，一块都没有。

他瘫倒在一个硕大的南瓜型按摩浴缸里，光滑而冰凉的瓷壁与皮肤轻轻摩擦，发出丝绸般的声响，所有精雕细琢的细节都在炫耀，这曾经属于一户富足之家。

可这与我又有什么关系呢。他长长地出了口气，无力地望着被映成墨绿色的星空，微微有丝眩晕。

难道要到上几个抛掷点去找？可是时间不多了，何况……

等等。什么东西特别扎眼，他定了定神。那是一叶修长的黑影，斜插在垃圾山上，直指星空，它似乎一直矗立在视野里，可他居然没有察觉。

他突然精神一振，心中又重新燃起了希望。

那是一辆黑色的加长凯迪拉克。

# 亲爱的

他看着她，眼中闪烁着某种柔和的光，似乎是金色的炉火，和她身体中逐渐加强的荧光的糅合，可又似乎不仅仅是这些。

她的全身缓慢而持续地膨胀着，像充气的气球般，躯体和四肢开始变得丰腴圆润，粉色的皮肤上，皱褶如潮水退却，蒙上了塑料般光滑的质感。她那迷人的宝石蓝眼睛、微翘的鼻尖以及如樱丰唇，伴随着她头部形状的恢复，从头顶像水一样往下滑动，回到正常的位置。

像巫婆一样，他脑子里闪过这个念头，从丑陋不堪到如花似玉，只需要短短的30分钟。

那个黑色的大家伙刺刺不休地响着，他这才感觉到双臂酸胀无比。

铅酸蓄电池，采用高效率氧氢重组技术完成水分再生，寿命可长达10年，而且完全密封无需加水，作为车载电池再合适不过，可抱着它爬山又是另当别论。

看来这玩意儿还能撑好一段时间，他心里稍稍松了口气。

"嗯……"

她眼皮颤动着，湿润的双唇微微开启。

他不知为何心头咯噔一下，浑身不自在了起来。

她的双眼突然睁开了，一片深邃湛蓝，他又有点眩晕了。

她看着他，似乎努力地在辨认什么，嘴唇微张，却又说不出话。

他的心猛地一沉。

"……亲爱的……"她突然娇滴滴地脱口而出，伴着花般的笑颜。

他的心又浮了上来。

这样的教训他当然不会忘记，有那么一次，因为充电不及时，她的记忆芯片断电超过 3 个小时，之前 1 个月的生活记忆全被抹成一片空白。

从"亲爱的"变成"先生"，这种滋味可不好受。

一切都只能从头来过，无论是食物的烹调方法还是彼此熟悉的触觉。

学习是一件耗时费力的事情，即使靠着芯片的帮助。

# 小世界的苦恼

垃圾是文明的排泄物，正如人类是地球的寄生虫。

某位擅长类比的意象派诗人如是说。

如果他活得足够长的话，他可能会把"地球"替换成"宇宙"，并为宏大的气魄沾沾自喜。

在消费主义的鼓舞下，地球以及几大殖民地星球垃圾成患，不可降解的塑料制品无处堆埋，新的时尚推动钢铁制品的淘汰，除了基础设施的建造，钢铁市场价格一跌到底，制造业已没有盈利空间。政府大力推广降解期短的新型材料，鼓励消费者全面更换旧有物品，于是，新一轮的垃圾浪潮汹涌澎湃，城市不堪重负。

垃圾问题成为横在人类面前的一道高坎。怎么跨过它？

用核能销毁！极端主义者挥舞着拳头。

绿色和平组织摇摇头。

释放到外太空！享有公民权的海豚发出超声波。

NASA 摇摇头。

培养一种能消化塑料和钢铁的细菌！生物学家十分冷静。

动物保护者协会摇摇头。（他们以为细菌也是动物）

把垃圾扔进黑洞，或者丢到太阳熔炉里！科幻作家声嘶力竭。

大家都假装没有听见。

经过许多许许多许多轮的讨论，最后筋疲力尽的讨论者们终于达成共识，由无人驾驶飞船定期将垃圾丢弃到具有相当质量的小行星上，省钱省力省心。至于那些小行星如何如何，那就不是他们所关心的，也不是纳税人关心的问题了。

那么他，一个大活人，怎么会被当成垃圾丢弃到小行星上呢。

这也是他一直苦恼，或者说一直想要回避的问题。

所幸的是，这星球上居然有稀薄的大气层，以及各种从冰箱保鲜层里苏醒过来的动植物，上帝匪夷所思地创造了一个小世界，一个自转周期7小时21分钟（地球时间），气温在半年内尚算可以忍受的小世界。

这给了他一个享受苦恼的机会。

# 冰箱飞船

天气越来越热了，他想，可能是小行星正在朝近日点运动。

地上稍微有点烫手，他只好蹲着，把那台老得掉牙的计算器来回地摁，想算算这个小世界距离毁灭到底还有多少时间。

可是失败了，那些公式和数字在脑子里和他捉迷藏。

他恼怒地把计算器摔了出去，惊起池塘边一堆聒噪的青蛙。

这让他想起了过去。

他是，或者说他曾经是，一名该死的中学物理老师。

尽管他的专业是哲学。这个时代，哲学是一个让人耸耸肩的词。

面试的时候，那个胖得像猪的人事处长朝他喷着臭气说，哲学？哲学是什么东西，学生的脑子里已经够乱七八糟了，父母把他们送到这里来可不想让他们退化成猩猩出去哦。他做了一个捶胸口的动作，把猪脸拉得像猴子那么长，滑稽吗，一点也不。

我们这里缺一个物理老师，你看着办吧。哲学？哈！

以前的他想到这里可能会把拳头攥得嘎吱响，现在？他耸了耸肩，哲学？也许吧。

他什么都不在乎了，除了一件事。

当他稀里糊涂地滚出那台超大容量的冰箱，四脚朝天地面对这个陌生的世界时，他想，这一定是个梦，而且是个很荒诞的梦，荒诞得有点疼。

后来他反复运用逻辑推演，结合朦胧的记忆碎片，编了一个大概能说服自己的故事，情节大概是这样的：

有那么一个郁闷的周末夜晚，他如往常般喝了个酩酊大醉，跌跌撞撞地回到家，吐了一地的他感到口干舌燥，于是打开冰箱找水，不知怎的就在保鲜柜里睡着了，又触动了冷冻休眠模式，于是乎……过了有那么几周吧，房东老太催了几次房租，没人，打电话到学校，又说好久没上班了，于是把他房间搞个清洁溜溜，值几个钱的卖掉，不值钱的丢掉，这冰箱明显被当成后者处理了……

他苦笑着摇了摇头，看来那头猪的话还是有点道理的，哲学并不能让人高尚些或者超脱些，甚至不能让人变聪明点少干些蠢事，该怎么样还是怎么样，只不过让别人取笑你时理由更充分罢了。

"亲爱的——吃饭了！"池塘那边传来一声甜蜜的呼唤，青蛙又是一阵聒噪，扑通扑通地跃入水中，荡起圈圈涟漪。

唯一值得庆幸的是，他还有个伴。

# 粉红机器人

日子就这么一天天地流走了，当然，小行星上的日子流得更快些，甚至留不下一点痕迹。

他已经放弃了计算、思考、苦恼……诸如此类的徒劳。

有时候他会花上一整天的时间，傻傻地看着她，听她把记忆库里的东西一件一件地掏出来，像糖果铺一样琳琅满目。

"亲爱的，你知道吗，我会 28 种蜗牛的做法，清蒸、红烧、白灼、刺身、油煎、加法式白汁、意大利肉酱、泰国咖喱、印度香叶、墨西哥指天椒……"她眨着睫毛，全然不顾他腹部强烈的反应，"……可这里一只蜗牛都没有，一只都没有，这里只有青蛙，到处都是，青蛙这种低级的肉类，我只会一种做法，那就是烤，放在火上，刷上烧烤酱，不停地翻转、翻转、翻转，直到它的肉被烤成金黄色……"

池塘里的青蛙不满地"呱"了一声。

事实上，在这个小世界上，除了青蛙、水果和蔬菜，他几乎就没吃过别的东西，仅有的几次老鼠肉，还是他自己烤的。

"亲爱的，你知道吗，我会讲一万八千个童话，安徒生的、格林的、加特林兄弟的、王尔德的、马克·吐温的、圣修伯里的……"每次讲到这里，她总会把双手捧在胸前，两条修长的粉腿微微弯曲，像不倒翁般左右摇晃。

"亲爱的，你知道吗，我会 32 种丝巾的打法，凤蝶结、海芋结、埃及结、伊丽莎白结……"

他早就知道，她只是一具被淘汰的老式家政机器人，从第一眼在垃圾堆里发现她的时候，皱巴巴的、人形的、粉红色的、没有附加功能的、傻乎乎的……除了说话之外，她无法提供更多的快乐，因为她只是个老式的，粉红的，家政机器人。

可这是他能抓住的最后一根稻草。

# 电池，电池

他知道，她的电量又不足了，因为她慢了下来，大概是四分之三拍的样子。

"亲——爱——的——，你——知——道——吗……"

不光说话，还有动作。

当苍蝇飞过眼前时，她会很慢地眨巴一下眼睛，动作如此之慢，以至于苍蝇转了一圈之后，回来时刚好被她张开的睫毛打翻在地。

他想，只有到其他几个抛掷点去碰碰运气了。

这颗小行星一共有三个抛掷点，都是在近地时抛掷的，离他最近的这堆，他已经不抱什么希望，唯一的可能在小行星的另一面。

他甚至都不敢奢望会有另一堆垃圾从天而降。

带上用青蛙肉晒成的干粮，他踏上了旅途。

爬过几座山，不是很险，跨过几条河，不算很深，其实，路也不是特别远。

这边，她继续过她慢悠悠的日子。

就这么过了许多天，对于他们，时间已经变得很模糊了。

又是那么一个黄昏，一条黑黑长长的影子慢慢地伸进了岩洞，爬到了她的脚下。

他回来了，背着一个大麻袋，棱角分明。

她缓慢地抬起头，湛蓝的眼睛深情地望着她，微微张开双唇。

"亲 —— 爱 —— 的 ——，你 —— 回 —— 来 —— 了 ——……"大概是一又二分之一拍的样子。

"嗯。"他闷声应了一句，然后哗啦一下散在地上。

紧接着，鼾声大作。

第二天，阳光明媚。

他站在一字摊开的大大小小的电池前，活像个沿街叫卖的小贩。

他想了一会儿，捡起一串绷带一样的东西。动能电池，捆绕在四肢，随着身体的运动产生持续电能。他又看了看她，正以蜗牛一般的速度从岩洞中探出头来，他苦笑着摇了摇头，甩手准备丢到一边。

手甩到三分之二个圆弧时，他停了下来，一个想法冒了出来，我帮她发电？

一幅画面迅速地在他脑海浮现、成型。一个缠满绷带的木乃伊正在不停地奔跑，身后拉着一顶金碧辉煌的马车，车上坐着一位粉红女王，她紧紧地抓住木乃伊的两条绷带，电流正源源不绝地涌入她的身体，女王畅快地高叫着，皮鞭在空气中噼啪作响……

他打了个哆嗦，三秒后，绷带"刷"地飞进了池塘。

几分钟后，池塘边架起一块亮晶晶的大镜子，他举着镜子，对着太阳的方向，小心地调整着身体的角度。

她静静地躺在阳光里，镜子背后伸出两条黑线，连在她的双手手心。

白天很短，光线如流水般倏忽幻化，转眼已日过中天。

随着太阳的爬升与坠落，他挪移着手里的镜子，满脸通红。

日头渐渐红了，她的身体颤抖着，似乎想说些什么，却又发不出声音。夕照中的影子贴着地面缓缓流淌，汇入沉静的池塘。

终于，最后一丝光线也沉入地平线，夜幕降临了。

她突然坐起身来，嘴里连珠炮似的吐出一句话：

"亲爱的你难道不知道我不能晒太阳嘛噢天呐那样会把皮肤晒伤的会把粉色晒成小麦色的那样就不好配衣服了亲爱的，下次让我晒太阳之前，请 —— 事 —— 先 —— 征 —— 询 —— 我 ——

的 —— 意 —— 见 —— 好 —— 吗……"

像是空气突然增大了阻力，她的话音变得艰难而缓慢，词语像断开的珍珠项链般一颗颗散落在地，硬硬地撞得他耳膜发疼。

他长长地叹了一口气，又没电了。

# 青蛙与橘子

　　这个夜晚很短，好像旧的一天刚刚过去，新的一天又匆匆忙忙地来临了。他一夜没有合眼。

　　她静静地躺着，偶尔发出一两声鸟儿般的呼哨，身体里闪着晶莹的红光，像一块冻结了火焰的坚冰。皮肤还保持着紧致光滑的质地，但手心已然蔓出纠缠的曲线。

　　他想起了那次，从一具心脏除颤器里拆下了镍镉电池，天晓得居然还能用。可她醒过来之后，却皱起了眉头，捂着胸口，说心里很难受。他从来不知道，机器人居然还有心，还会难受。

　　她气喘吁吁地说："亲爱的，这块电池记忆效应太强了，它装了好多好多的痛苦……"

　　他瞪大了眼睛，说不出话来。他一直以为，所谓电池的记忆效应，只是在充放电的过程中极板上产生的小气泡，日积月累，气泡减少了极板面积，也影响了电池容量，仅此而已。

　　看来物理确实是门博大精深的学问，他想。

　　天很快地亮了，他蹑着脚起了身，虽然他知道她没有睡眠，但是始终摆脱不了是人类的习惯，虽然他已经放弃了很多。包括费尽心思给她取个好听的名字。

包括抗拒一个叫自己"亲爱的"的机器人。

现在，他必须想些法子，一些物理课上滑稽的花招，一些让他丢尽脸面的伎俩。

他消失在晨曦中。

绸缎般柔滑的阳光中，她的皮肤如金箔受热收缩，慢慢浮现阴影斑驳。

一些东西正从她的记忆中汩汩流走，像水渗入泥土。

正午。午后。

他回来了，背着一个大麻袋，鼓鼓囊囊。

麻袋扑通一声摔到了地上，叽里呱啦地叫唤开了，像无数个小心脏突突地往外蹦着。

他也扑通一声坐到地上，掏出不知从哪里拆下来的铁皮，喀嚓喀嚓地剪起来，不一会儿，膝盖前垒起了两堆小金属条，像两个鸟巢般闪闪发光。

他又掏出一团乱麻似的电线，绞绞缠缠，金属条转眼变成了一对对翅膀，翅膀末端连着一根根毛茸茸的电线，电线又如溪水般汇聚成粗大的一股，接在一个锈迹斑斑的接口上。

一头水母，触手上长满了蝴蝶的翅膀，他有点满意地看着自己的作品，露出疲惫的笑。

麻袋的口子小心翼翼地张开了，尽管他那么小心，可还是从指缝中滑出一个圆溜溜的橘子，不紧不慢地在脚底滚着，他松开一只手去抓，呱，口袋里又蹦出了一只呆头呆脑的青蛙。他赶紧捏紧了袋口，眼睁睁地看着那个桔子和那只青蛙，一前一后，一滚一跳地消失在池塘边缘。

他恼怒起来，抓起那把电线在麻袋里忙活开了，青蛙的聒噪伴随着汁液迸溅的滋滋声闷响着，口袋从里边湿到了外边，慢慢地在地上凝成一摊，又淌成小河。

他抽出了双手，橙色和红色的液体往下滴着，那些铁片，噢，应该是铜片和铝片，已经穿过橘子的果瓤和青蛙的肌肉，噢，那叫电解质，不同的金属片之间形成电位差，艰难地贡献着不到 $1V$ 的电压。

然后通过水母的触手形成串联电路，然后接口插入了她的后背。

然后小红灯亮了，然后……

膨胀、膨胀……

他欣慰地看着她，脸上沾满了红红黄黄的液体，很难看地笑了。

膨胀、膨胀……倒三角脸、灯泡眼、阔嘴巴……

他的笑容越来越难看。

停止膨胀……

他努力地说服自己，这只不过是一张有点像青蛙的脸，可为什么胃部还是忍不住地倒腾。他开始把注意力转移到物理学上，这说不通啊，凭什么青蛙输出的电流就有反应，橘子就没有。

像是对他的疑问做出回应，她那粉嫩的皮肤开始发酵般肿胀，在他面前生生地变成了橘皮组织，粗糙不平的表面散射着黄澄澄的光。

某位哲学家的大脑已经丧失了提问的勇气。

# 外星贵族

这是一个月明星稀的夜晚，他仰望着星空，聊发无限感慨。

马儿啊，四条腿，大海啊，都是水，你说我们有没有可能，就算那么一丁丁点的可能，回到地球去呢？

他静静地期待着，有人能给他一个安慰性的回答。可是没有。

在他身后，一个长着青蛙脸的女人，准确地说应该是女机器人，正四肢着地蹲在地上，两只灯泡眼跟着空中的小飞虫滴溜溜地转，猛地把大嘴巴一张，弹出短短的舌头，打在自己的鼻孔上，然后狼狈而沮丧地耷拉下来，滴答着口水。

他深深地叹了一口气，垂下了头，就连夜空中闪过的那丝不寻常的光，都没能引起他的注意。

那是一团草帽型的蓝光，以东偏南 45 度切入视野，又在中天盘旋数个来回，终于下定了决心似的，朝他和她所在的方向飘了过来。

对于突如其来的客人，他显然没有做好心理准备，因此表情略显呆傻。

特别是当看到那艘飞船的主人从旋梯上款款步下时，他的眼珠子都快掉出来了。

怎么又是一只青蛙！

显然，他的观察不够细致，至少他没有指出，这是一只红色的青蛙，穿着类似非洲土著或者是印第安人的羽毛装，它的嘴巴比普通青蛙窄些，眼睛小些，额头上有几个粉红的突起，微微放着荧光。那么，他只能在心里暗自纠正，这是一个比较不幸的长得像青蛙的外星人。

外星人滑动到他面前，他颇感窘迫地想了半天，憋出一句："嗨！"

外星人转了转眼睛，张开嘴巴，发出一阵鸟叫和树叶落地的声音。

又张开嘴巴，发出一阵榨汁机和煎鸡蛋的声音。

它闭上了嘴巴，又转转眼睛，可每次张开嘴巴，总会跑出来一堆乱七八糟的声音，有时是擤鼻涕和呕吐的声音，有时是打碎玻璃和闹钟的声音，有时是听不懂的音乐，有时又像一个穿着木屐的疯女人在一堆蜗牛壳上来回地踩。

他想捂住耳朵，又觉得不太礼貌，双手在半空尴尬地停住了。

外星人的眼睛转了十六又二分之一圈后，张开大嘴巴，终于说出一声：

"嗨。"

他偷偷地想，青蛙到底还是青蛙。

# 初次会晤纪要

"您是……外星人吧。"

"请叫我佛洛格，我的地球名字。"

"噢……佛洛格……怎么有点耳熟……"

外星人做了一个矜持的动作。

"那是贵族的名字。"

"噢……这样……我叫陈默……"

"也是个贵族的名字？"

外星人又做了另一个矜持的动作。

"不不不……是个，呃，汉族的名字。"

两个人都沉默了。

他觉得外星人的灯泡眼似乎老在盯着自己背后看，他思忖这是不是某种礼节，于是他也盯着它背后的飞船死看。

"你的飞船……挺漂亮的……"

"那是贵族的飞船。"

外星人做了第三个矜持的动作。

"噢……不知道能不能……多带两个人呢……"

"只要是贵族就可以。"

又回到第一个矜持的动作。

"噢……"他没话了。

"她很漂亮。"

"她?"

他顺着外星人的眼神回过头,明白了。

"但是她原本不是这样的……她没电了……她是个机器人……机器人你知道吗?"

他显得有些慌乱。

"噢……"青蛙的眼睛又骨碌碌地转开了。

"或许我们能交换一下礼物。"

"礼物?"他不明白。

"就是你我各自想要的东西。"

他对这只青蛙有了全新的认识。

# 人肉发电机

"那么……"他终于打破了长久的沉默,"你的意思是,我把她给你,你带我回家?"

外星青蛙做出一个优雅的动作,大概是赞同的意思。

"可是……"他也不知道自己要的是什么,"她没有电,你明白吗? 没 —— 有 —— 电,就是不能动了,死了。"他头一歪,做出一个吐舌头翻白眼的表情。

"电?"

"电……就是……"他挠挠头,难道要跟这只青蛙解释一堆原子、电子还有电流方向诸如此类的概念,这比教市长的低能儿子还让人头疼。

外星人的眼睛又转了几转,说我明白了,不过……

"……很遗憾,在我们星球上并不使用电力。"

池塘里的青蛙又开始聒噪起来,长着黄色青蛙头的她,趴在地上,缓慢地挪动着,听见青蛙的叫声,便张了张嘴巴,想附和一下,可跑出来的却是呜呜的小孩哭声。

"不过，如果她能撑到我们星球的话，或许能给她换上另一套能源系统。"

"那么……"

他看了看她，橘子般的皮肤已经开始松弛下垂，灯泡眼里浑浊不堪，她每移动一小步，都会听见身体里各种零件互相撞击的声音。电不多了。

"咯咯……"贵族先生突然发出了类似笑的声音，"其实电池也不是什么很难办的事情啊。"

"喔？"

那对青蛙眼在他身上来回扫了几圈，又发出那种咯咯咯的笑声。

"按照我对你们种族有限的了解，你们体内存在着一些物质，它们之间发生反应时能产生能量，而这些能量是可以转化为电能的。"

"比如？"他还是摸不着头脑。

"比如你们所谓的新陈代谢，葡萄糖和氧分子反应就有能量产生，我们可以用某种聚合物在你体内形成一个电路，利用葡萄糖氧化酶加速化学反应，再通过导体将转换后的电流导出。"

他打了个哆嗦，虽然天气并不是很冷。

"咯咯，别担心，我们的技术水平是为贵族服务的。"

它又做出一个动作，其实有点滑稽，他心里暗想。

这场交易似乎开始倾斜了，他犹豫着，不过从一开始，他就没有讨价还价的本钱。

他想回家，想夏天冰镇的啤酒和冬天暖和的被窝，想那帮幼稚却又聪明得可怕的学生，想那些能吃进肚子里的，香喷喷，实实在在的东西。他想，即使是回去当个物理老师，不，就算是体育老师，他也愿意。

可还有一些东西让他牵挂着，一个柔软的、甜蜜的、一成不变的声音，一句从耳朵眼儿搔到心头痒痒肉的话，哪怕能再听上一遍，也是好的。

亲爱的，摆在你面前的选择实在不多呢。

# 回家

窗外，星光如流水般倾泻而过，悄无声息。

他躺着，软弱无力，像一摊蒸烂的茄子，唯一能动弹的，只是眨眨眼睛。

回家了，回家真好。

他看不到她。他猜她已经好了，否则自己不会在这里，在回家的路上。

他猜她正跟青蛙王子在一起。

管他呢。

他努力地想咧咧嘴角，做一个无所谓的表情，可他失败了，脸很疼。

这是后遗症吗？这是我当人肉电池的后遗症吗？

又有什么关系呢？

反正都要回家了，就要回家了。

家里有什么呢？

噢，他突然想起他已经好几个月没交房租了，工作估计也没了。

兴许他可以起诉房东老太漠视他人生命安全，说不定还能赚一笔赔偿金。

只是，那个吝啬凶狠又丑陋的老太还活着吗？

管那么多干什么？

只要给我一瓶啤酒，我就可以活下去，人生嘛，不就是这样的吗。

可是，没有人在等我回家。

真的没有吗？

他使劲地回忆着，生怕漏掉哪个远房亲戚，哪个有过一面之缘的哲学爱好者。

没有，一个都没有。

好像有一个吧。模模糊糊的，却又很熟悉的样子。

怎么也想不起来。

就是那个嘛，你们经常在一起的啊。

哪个嘛。

记忆仿佛被剜掉了一块，留下好大一个空洞。

就是那个嘛，她经常叫你什么来着……

亲爱的。

亲爱的。他的头开始猛烈地痛起来。

四周摇晃震动着，发出轰隆隆的响声。

飞船着陆了，舱门缓缓地升起，从门缝外涌入刺眼的白光。

到家了吗？

他突然害怕起来。

家。

亲爱的，我们回家了。

# 天凉了

还是那么一个宁静的黄昏，黑暗中，一个细细长长的影子，静静地，不说一句话。

她那迷人的宝石蓝眼睛、微翘的鼻尖以及如樱丰唇，宛如夜河中的金子，熠熠闪耀。只是神情有些黯然，她还没从两栖类的状态完全恢复过来，除了容颜。

她的新主人刚刚弃她而去，那个长着青蛙脸的贵族，像是遭到了天大的欺骗和侮辱，连续地做出许多组复杂而优雅的动作，在临走之前，还不忘向她丢下那样的一个眼神。那眼神，仿佛在它面前的，是一堆缠满了苍蝇和臭蛆的垃圾，而不是这样一个粉扑扑水灵灵的女机器人。

也许吧，上帝是伟大的，但并不能说一切都是完美的。

她望着它远去的背影，唇边无声地滑落一个词。

黑暗的另一个角落里，她的前主人静静地躺着，身上插满了碳纤维导管，以及各种各样的电线。他的眼睑颤动着，脸上时而兴奋欣喜，时而紧张恐惧，除此之外，他一动不动。

这是交易失败的违约金，他的赔偿是一个梦，一个很长很久的梦。

他突然全身哆嗦了一下，紧闭的眼角淌出一丝晶莹的液体，口中反复呢喃着一个词。

在梦里，他回家了。

天气凉了，青蛙们从池塘里跳上了岸，找个舒服的泥坑蹲了下来，准备过冬。冬天究竟是不会来到的，这不过是小行星向近地点运行途中暂时的冷却而已。

星空还是那么澄澈，如一汪泉水，无数的星光沉淀其中，互相召唤、牵引，勾勒出银河温柔的轮廓。

她缓慢地抬起了脸，边缘闪闪发亮，似乎在对自己，又像是对别的什么人，微弱而甜蜜地吐出那句话：

"亲爱的，我快没电了……"

然后，闭上了嘴唇，静静地期待着，回应或者是枯萎。

总有一个期待是会实现的吧。

轰隆隆，行星的另一面传来沉闷的巨响，震动惊醒了沉睡中的青蛙。

又一堆垃圾着陆了。

# 扩展阅读推荐书目

《神奇的数学：牛津教授给青少年的讲座》

〔英〕马库斯·杜·索托伊 著

《有趣的科学·有趣的数学2：数学魔术师》

〔英〕约翰尼·鲍尔 著

《我的大脑好厉害》

赵思家 著

《给孩子的人工智能通识课》

〔日〕三津村直贵 著

《给孩子的人工智能图解》

〔日〕三宅阳一郎 森川幸人 著